U0451786

绿皮火车穿过长夜

王祥夫 著

中国纺织出版社有限公司

内 容 提 要

本书为王祥夫先生的散文随笔集。作者把对生活细致入微的观察梳理成文字，字字体现着作者对生活的激情与热爱。有娓娓道来的生活趣事，有热气腾腾的烟火滋味，有草木花鸟的灵动之美。满载中国文人的雅趣与温情，是纸笔下恣意流淌的翰墨文章。文章与书画融为一体，珠联璧合，相得益彰。

图书在版编目（CIP）数据

绿皮火车穿过长夜／王祥夫著．--北京：中国纺织出版社有限公司，2024.5

ISBN 978-7-5229-0551-8

Ⅰ.①绿… Ⅱ.①王… Ⅲ.①散文集-中国-当代 Ⅳ.①I267

中国国家版本馆 CIP 数据核字（2023）第 074849 号

责任编辑：顾文卓　向连英　责任校对：寇晨晨　责任印制：储志伟

中国纺织出版社有限公司出版发行
地址：北京市朝阳区百子湾东里A407号楼　邮政编码：100124
销售电话：010—67004422　传真：010—87155801
http://www.c-textilep.com
中国纺织出版社天猫旗舰店
官方微博 http://weibo.com/2119887771
北京华联印刷有限公司印刷　各地新华书店经销
2024 年 5 月第 1 版第 1 次印刷
开本：880×1230　1/32　印张：7
字数：115 千字　定价：59.80元

凡购本书，如有缺页、倒页、脱页，由本社图书营销中心调换

荔枝蜻蜓

秋藕黄蜂

黑蝴蝶

夏云多奇峰
珊珊生

轻云初起

序

一笔诗意一笔墨

戊戌年秋，二十余位中外作家齐聚广东观音山国家森林公园，载歌载舞之余，王羲之"兰亭盛会"景象突映脑际。机缘巧妙，何不效"兰渚山"之乐，邀诸作家以书画之技助兴？

古有文人王羲之、苏轼、王维、唐寅等能文善画，今亦有王祥夫、叶梅、李浩、兴安、张瑞田等能文善画。观音山国家森林公园黄淦波董事长闻之大喜，迅速安排，条案毛毡，笔墨纸砚，样样俱全。大厅内，作家中好书画者兴致勃勃，纷纷蘸墨运笔：画虫者，左手把酒右手挥毫，一只小翅细腻如丝；有书者，"大江东去"，狂草如歌；画山水者，奇峰竞秀，跃然纸上……

夜半月朗，书者、画者，各展其技，兴趣盎然，观之悦心，随口吟出——

作家书画香满坡，

一笔诗意一笔墨。

举杯望月邀羲之，

文人书画有衣钵！

此情此景，"作家好书画"之意境，嵌入心底。

回首2014年，时逢《民族文学》少数民族文字版改版，为使杂志封面设计和内容皆与大刊相符，开拓创新乃唯一路径。结合前些年创办《中国化工报·文化周刊》的经验，版面的美化以图文并茂为佳，而将此法移植到杂志上，须加以改革、创新，将作家的文学作品配之自己的书画作品同时刊出，达到"文与书画两相宜"，真正做到文章书画的结合相得益彰，如此创意还属首次。于是，环视作家中能文善书画之大家，首先向两届茅盾文学奖获得者张洁女士、中国文联副主席冯骥才先生、中国作协副主席贾平凹先生说明创意并发出邀请，每人选一篇自己的精美短文，配上十幅自己的书法或画作，形式不拘一格。如此打造的新刊，犹如"大姑娘上轿"，围观者众也。

悠悠数载，凡举办采风活动亦必邀作家中好（hào）书画者和书画家同往，酒过三巡，星月满天之际，书画笔会便成为每次采风活动的亮点及保留项目。

/ 序·一笔诗意一笔墨 /

一日，望着书画家们忘情挥毫，看众人围观索要书画场面热烈，忽生一念，若组织作家中文笔书画俱佳者出一套图文并茂的散文集，定会大受追捧。

此念萌生，立即行动。2023年一个春光烂漫的日子，与中国纺织出版社有限公司的编辑一拍即合。凡满足以下要素者，方可入选"作家好书画"集：此书画者须是作家身份；书画要有作家趣味；艺术作品不以追求价值为目的，贵在不像之像的神似；凡书画作品乃为文学作品之延伸或曰万丈豪情寄于山水花鸟；作家之特点每篇作品杜绝自我重复，其书画艺术需秉承文学创作之创新理念，皆通过作家笔墨创作出会说话、巧思考、有新意、别具一格的书画作品，配之美文，此集风格独特，文与书画相得益彰，可谓出版新风尚。

"众里寻之千百度"，王祥夫、叶梅、李浩、兴安、张瑞田五位大家的散文与书画作品珠联璧合，特色彰显，成为"作家好书画"第一辑的受邀者。

组织书稿时，边赏边赞，五位作者不愧为大家，以文而言，小说散文皆得心应手；以书画而论，四位擅画，一位擅书，皆为业界翘楚。

作家王祥夫是鲁迅文学奖获得者，将散文创作的视角投射到日常生活中，以犀利的目光探寻人性，用文字描写中华民族历史文化记忆。他以描写特定场景为主题所创作的《绿皮火车穿过长夜》，文中藏画，画中显文。其文如画，信手拈来，不刻意为文，皆从生活中、性情中、思想中流淌而出，是非"作"之举，是一种独特的生命体悟。

作家叶梅以生态为主题创作的《知春集》，以对生态环境的细致观察立经纬，运用清新自然的文字，寻找、挖掘人性中本真的美。叶梅《知春集》中的插画别具一格，梅花之美不在花艳，而在梅格。从叶梅的画中恰能看出画中深意，那正是一种梅花气质，使人深刻的领略到深刻的人生意义。物质、金钱或将化归尘土，唯有文章书画之精髓可流传于世。

作家李浩是鲁迅文学奖获得者，《在记忆、行走和思考之间》这部散文集中，他以新锐的视角去解读现实生活，赋惯常予新奇，在他的笔下，树、瓷、蜜蜂、狐狸和兔子不仅闪现生命之光，还透着缕缕哲思的痕迹。李浩在书中的插画文人气质浓郁，其中多是临摹黄宾虹、朱耷、石涛、沈周，但个人特点清晰，他将古典的雅致、妥洽、安静，以及重笔墨、重意趣的诉求，乃至对空白处的苦心经营都纳入自己的作品中，使画面的表现力更为丰沛。

作家兴安的散文创作一直突显直观、率性的特点，让读者感受到一个蒙古族汉子内心傲视生活、敬畏草原的精神世界。

他以画马在文坛、画界声名鹊起。究其根由是在中学时期练就了扎实的绘画功底,使其创作在写实和抽象、工笔与写意的转换中游刃有余,其独创的抽象性极强的各种姿态的马,辨识度很高,表现了自然与生命的深刻要义,每幅作品都让人驻足久观,透过其潇洒的笔墨,深悟其奥。

作家张瑞田以艺术记趣为主色调创作了《且慢》散文集,以侠气素心著称,且书且文,引领读者走进文人的斑斓世界。张瑞田少年学书,问古临帖,伴随他的生命成长与文学写作。因此,在他的书法中能够领悟到氤氲的书卷气,以及日渐稀少的文人品格。他的隶书倾向"朴实",在其隶书中,没有头重脚轻的结构颠倒,也不刻意营造一个字与一幅字的视觉冲突,沉稳中显露泰山之气。

五人风采,观之甚喜,效昔日文人之情怀,展当代作家之才艺,文章书画巧融一体。心潮澎湃之际一段文字涌出心底:

雄鸡不常鸣,一日只一啼,但却让黑夜变成了白天。
绘画不说话,文字默无声,但却让观赏者感慨万千。
张张素纸,笔走龙蛇,让汉字与山川有了想象空间。
行行宋体,铅华无饰,文善事善内心充盈锦瑟无端。

"作家好书画"且文且书且画,以这般整体而新颖的形式隆重出现在广大读者面前，如一缕檀香，渐侵脏腑。画淡了封面，晕开了文章，以画为幕，以文为歌，序幕入眼，尾声入心。随着"作家好书画"的问世，激发读者对"新文人"的推崇，由此，可窥见作家文字以外的"心灵与技能之光"。

南宋邓椿《画继》中言："画者，文之极也。"作家画家历来强调文学修养，而邓椿的理论则是把文学修养强调到了极致，认为绘画不仅仅是技艺，而且是人文之极。这可谓中国作家书画的点睛之句，用到王祥夫、叶梅、李浩、兴安、张瑞田诸君身上，恰如其分。把文学作品不易表现、内心表达无法张扬的情境，以风趣的书法，灵动的画面，呈给读者赏鉴，携士气、文气、灵气、笔气、墨气而出，凝目而思时，或精神外延，或暗含深邃……

正所谓，抚其书，一泓清溪沁润肺腑；览其文，襟胸顿阔流连难舍；犹舀一瓢"真水"，涤目清心；似取一抔"厚土"，育善养德；亦餐一顿药膳，身心俱健。惟此、惟此，幸甚、幸甚。

是为序。

赵晏彪

北京语言大学国际写作中心 会　长

《中国文艺家》编委会 主　任

作家好书画·书系 总策划

2023年9月于三境轩

目录

长夜伴酒香

- 写字 / 002
- 先生姓朱 / 006
- 护城河边的足球 / 009
- 关于井 / 012
- 香烟帖 / 015
- 熬夜帖 / 017
- 煮茶记 / 020
- 冬天里来雪花飘 / 022
- 焦雷帖 / 026
- 阳原帖 / 029
- 绿皮火车穿过长夜 / 032

- 一条大炕波浪宽 / 035
- 行酒令 / 038
- 岁朝 / 041
- 换春衣 / 044
- 赌酒 / 048
- 夏日记 / 052
- 一揖清高 / 056
- 师牛 / 059
- 午时记 / 062
- 山上的鱼 / 065
- 枪毙冰箱 / 068

世间有真味

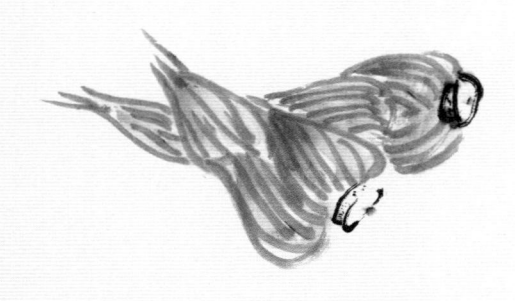

萝卜热茶帖 / 072
焖葱记 / 075
雪菜帖 / 078
黄豆帖 / 081
梅干菜帖 / 085
虾皮帖 / 089
兔头帖 / 092
吃螃蟹 / 096
说荠菜 / 099
也说大肥肉 / 102
吃豆腐 / 105
莼菜之味 / 108
咬菜根 / 112
醋下火 / 116
角黍 / 120
樱桃 / 123
吃白饭 / 126
夏食记 / 129
便饭帖 / 131

花鸟知春意

玉簪花帖 / 134

葵花 / 137

凤仙花帖 / 141

地黄帖 / 144

栖霞木瓜 / 147

知风草 / 150

玉米的事 / 153

说鼠 / 156

鸡鸣喈喈 / 159

女曰鸡鸣 / 162

蜘蛛 / 165

蝴蝶飞南园 / 168

红蜻蜓 / 171

知了 / 174

白石翁的蜣螂 / 178

笔砚即文章

胭脂考 / 182

草纸帖 / 185

铁如意 / 189

墨迹 / 193

砚田 / 199

花笺 / 202

钢笔时代 / 206

长夜伴酒香

写字

　　一个人与写字的关系一如吃饭喝茶，或者简直的又如拉屎撒尿，没有什么特别之处，也就是拿笔写字，写好写坏是另一说，没有写过字的人起码在今天这文化进步的清平世界几乎没有。

　　小时候学校里总是要上写仿课的，我们只这么说，老师也这么说，并不叫什么"书法课"，一到写仿课便拿了铜墨盒和毛笔，笔上总也戴着个铜笔帽，再夹上几张麻纸，一堂课下来手总是黑的，回家洗手，盆子里的水也是黑的。

　　因为从小写字，只觉是于吃饭拉屎一样，便没了一点点敬意在里边，这敬意当然是对写字。及至长大，才知道写字原是一件好事，可以让一个人的心静下来，可以让一个人暴躁的性子有所改变，但春节来临之时看别人伏案大书亦是苦事，纸是红的，墨是黑的，一时红黑满屋让人两眼发花。

古时《世说新语》中的一个人物，也懒得去查他叫什么名字，是当时的著名书家。皇帝盖了几十丈的高楼，即至竣工才发现上边居然没有匾，便命这书法家上去写它一写。找来大筐子要他坐在里边，如帚大笔和几大罐墨自然也一并放筐里，众人一起吆喝起来，合力把这书法家用大筐子拉到半空让他去写。字写完，众人再吆喝起来，再合力把他从半空中放下来。据说此时那书家汗亦是出了满头满脸，人亦是面如死灰，头发也猛然白了一半。后来此书家告诫儿孙，学什么也不要学写字，更不可把字写好，被吊到几十丈高的楼上去写字是要吓死人的。每每想起这个故事我便想掩口发笑，想想此先贤高空作业如此惊心胆颤，自己在心里居然有那么一点点恶意的开心就觉得自己有那么点不厚道。

昔年见有人请学者、诗人、书法家的殷宪先生去搞配乐书法表演，我在下边也差点要开心死，音乐节奏忽快忽慢，一时不知他在台上是该行该草。

鄙人写字的习惯，是早上起来就写一下。用那种颜色发黄的毛边纸，先把正面写过，然后反面再写一回，淡墨写过一回，然后再用浓一些的墨再写一回，然后才去做别的事，比如吃一根油条或再加上一碗豆浆，然后才开始改昨天的稿子。

鄙人写字很少用正经的宣纸写,是田舍翁小家子气一样的那种舍不得,家里储存了不少的好宣纸,莫名其妙地就觉得自己很富足,但实实在在地用起来,却总是一用好纸就生气。就像巴尔扎克笔下的那个葛朗台一样的脾气,每花掉一点钱就生气。

鄙人给画店画画儿也是这样,好纸总是舍不得用,总是先用不好的纸,再用好的纸,裁下的纸头亦要画一个小虫放起来,实在是吝啬的可以,但我并不思改过。开笔会看别人十分豪放地一写就是一地的字,写坏的纸团做一团又一团也是满地,鄙人便会在心里大气起来,书画的笔会真是纸的噩运大限。

写字是一件要让人静下来的事。有人表演书法,浑身紫花唐装,持笔大叫上场,两眼圆瞪,浑身用力。有一次我在旁边忽然大笑起来,是实在怎么也忍不住,也是大没修养,但我也宁愿不要这样的修养。这样的场合我现在不去,写字是自己的事,何必非要观者如堵。

我写字,直到现在也只用毛边纸。在好宣纸上写字,在我,就好像做贼,虽然惯走江湖,也难免一时心紧气紧。

怀君属秋夜　散步咏凉天

空山松子落　幽人应未眠

右录唐人韦应物诗一首
王宝祠奏封径中珊瑚生

先生姓朱

家父好客亦好酒。那时候总是有人来和家父喝酒,一喝又总是很晚,我已睡醒一觉,家父和他的朋友还在喝。朦朦胧胧中都是些东北的口音,所以我这个东北人到了后来对东北人就没什么太好的印象,嫌他们话多。而家父的朋友中有一位很瘦,北京口音,后来成了我的老师,那便是朱可梅先生。

朱先生画花鸟草虫。那时候的朱先生穿中山装,衣服口袋里总好像装着什么,鼓鼓囊囊。有一次他从口袋里掏出两个果子,我以为他要吃,或给我吃,但他看了看,又放回口袋。还有一回我发现他的口袋里放着一个玉米棒子,那时候鲜玉米刚刚下来。

我跟朱先生学画的时候已经十岁。每次都是去他那里,去了,也只是看他画画而已。朱先生从不画素描,也不画速写。朱先生对我说,"我画画儿,你看就行。"我便站在那里看。朱先生画画儿一般都站着,但画草虫就必坐下。他用生纸画草虫,一边画一边说第一遍勾线要淡,笔上的水分要最少。我就站在那里看朱先生勾线。朱先生勾很细很淡的线,很快。然后是施色,用一只小号儿羊毫,一手使笔,一手是一块儿叠成小方块的宣纸,火柴盒那么大一块,一边施色,一边马上就用这小纸块在纸上轻轻一按,不让颜色跑出去。朱先生画草虫很快。但颜色总是要上好几遍,一只虫子就在纸上了,然后再用深一点的颜色现把线勾一下。如画蚂蚱,须子是最后画,从须子的根部朝外挑。朱先生的这两条线挑得很好,他自己亦得意,说:"你看这线。"

后来,朱先生让我给他磨墨。我磨好,他试一下,说不行,我就再磨。朱砂也要研,先把水兑进去再不停地研,研得差不多,先生说别研了,再研就坏了,然后先生再把胶兑进去。一边兑一边用笔在朱砂里蘸一蘸,说好了,或说你看这就不行。用朱砂画雁来红,画完,朱先生会马上把纸反扣过来,说这样颜色就不会往后边跑。有时候画淡了,朱先生会在纸的背后再把笔一跳一跳地补些朱砂。朱先生的雁来红很好看,颜色好,但不是一大片,通透。

朱先生画蝈蝈从不画绿蝈蝈,只用赭石画麦秆儿色的蝈蝈,朱先生说绿蝈蝈红肚皮不好看。朱先生的小小画案上放着一个火柴盒子,火柴盒子上用大头针扎着一只蝈蝈,这个蝈蝈在朱先生的画案上放了很久。

朱先生画画总是先看纸，把白纸挂在立柜旁边墙上的那根铁丝上，一看就是老半天，嘴一动一动。

朱先生的单位正月十五出灯，单位要他给灯笼上画些东西，他也照画，很认真，灯挂出去，有人说不好，先生说："你懂个屁！你懂个屁！"后来，我已长大，但还是经常去朱先生那里裁纸磨墨兑颜色。朱先生总是说："合适，合适。"

朱先生教我画画，从来没什么理论。朱先生说，"齐白石就不画素描！"又说，"学中国画就要先学会磨墨、兑颜色、裁纸。"如画一幅画，画上有花有蜜蜂，朱先生就把"蜜蜂"叫做眼睛。总是说，"眼睛在哪儿？眼睛在哪儿？"如画一幅画，既有谷子又有蚂蚱，朱先生就把蚂蚱也叫作"眼睛"，说，"'眼睛'在那儿啊，不对！瞎了！"凡是虫，在朱先生这里都被统统叫作"眼睛"，螳螂、蜻蜓、蝴蝶什么的都叫"眼睛"。

朱先生的口袋里，总放着些七七八八的东西，有一次他一手掏手绢，一手从另一个口袋里掏出个树上结的那种柿子，黄黄的很好看，他把柿子擦了又擦，我以为朱先生要吃。他把柿子擦完看了好一会儿，又把它放回了口袋。

我们那地方不长柿子树，不太好活，活了也不会结柿子。

怀念朱先生。

护城河边的足球

我上小学的时候，学校在护城河边上。学校的正门朝西临着一条马路，对面就是公园，春天的时候玫瑰的花香会一直会飘到学校里来。学校的东边便是护城河，很深，护城河两边长满了紫穗槐。学校靠东边的那一面始终没有墙，只拉着一道铁丝网，铁丝网那边就是护城河。

我们的体育课就在教学楼和护城河之间的空地上。那时候的体育课很简单，做操和踢足球，男生踢足球的时候女生跳绳，碰上刮风下雨老师就会让我们回到教室里去做手工。我虽是男生却学会了打毛衣，两根竹棒一团线，起几针，打什么花，现在依然熟门熟路，四根针也驾驰得了。我想我要是老到什么也不能去做的时候就不妨坐在那里打打毛线，给我的朋友每人打一条粗线的围巾。当时的做手工，除了打毛线之外就是用硬纸壳子糊各种的东西。记得有一次我糊了一个笔筒，上边画一只呆头鸟和一朵很大团的牡丹花。一次做手工的时候外边正下着好大的雨，天都黑了，一个雷，外面又是刷白，真是吓人。老师把教室的灯打开了，白色的日光灯多少有些清冷，窗玻璃上是一万匹的瀑布。

在操场上踢足球是男生们都喜欢的事。那时的体育老师并不按着踢足球的规矩来，只是把男生们分分，好在那时的班里没有多少男生。直到后来，我才知道踢足球一边应该是几个人。那时候，我们是全部男生一分为二一起上，一窝蜂地快乐和狂奔。

球是时时会被踢到场外落进护城河里，这便要有人下到护城河里去找球。好在护城河里一年到头都没水，而是被人们种满了庄稼，谷子和粟子，玉米和高粱，一蓬一蓬的绿。球落在里边要找好一阵，但总归是要有人下去找，一个不行再下一个，两个不行来三个，球总归是能找到的，只要护城河里没有水就行。护城河里有水的时候往往是前几天下了大雨，皮质的足球落在水里，再踢的时候那个球就很笨，声音也变了，不再是"嘭嘭嘭嘭"而是"噗噗噗噗"。

那时的踢球是一窝蜂地踢，老师也跟上一头汗地奔跑，嘴里的哨子"嘟嘟"不停。那时踢球是既没有前卫又没有中锋，大家的目标就是那个球。头球大家倒是知道，两足一弹，用头接就是，且大家都喜欢用头顶球，一旦顶中，便像是得了头彩，管它进还是没进。

　　上到四年级的时候，我们班上忽然从别的地方转来一个同学，他像是没有踢过球，却见了球便是十分的喜欢，他人也极是灵活，也跑得快，班里像是谁都跑不过他，但他一旦抢到球不是把球踢到对方的门里，而是拼命地往自家门里踢。被体育老师单独叫过去教导了几次，却一时又改不过来，现在想想，他亦是可爱，他那劲头，带上球往自家门里踢的劲头真是有些可爱。后来他竟是去了体校，再后来去了省足球队，他是一路地踢。我真是想念他，促狭得很，也只是想见了他对他说说他带球往自家门里踢的事。

关于井

　　过去在城市里边生活，很难想象没有井，没有井人们可怎么生活？

　　我五六岁的时候，我的大哥带我去医院里看朋友，因为搞对象，那个女的不知怎么就吞了金，人们都怕她死，结果她坐在那里跟没事一样，只不过多吃了几副中药，我至今都不知道吞金就怎么会死人？我哥他们在屋里也就是病房里说话，我出去看院子里那口小井，那口井离门口不远，井口很小，因为是冬天，井里腾腾地往外面冒着气。

　　关于井，我不知道那时候的市政部门统计过没有，比如像我们那个小城一共有多少口井，大井多少口，小井多少口，什么地方的井水甜，什么地方的井水发苦。井这种东西很奇怪，比如说北岳恒山最高处会仙府外边的那两口井，紧挨着，最多

关于井

离两米远,而两口井的水就不一样,一口是甜水井,人们用它煮茶做饭,另一口的水就是苦的,根本就不能喝,只好用来洗衣服。这就很奇怪,让人们有点说不清。因为两口井离那么近,怎么回事?谁也说不清下边是怎么回事。

我小时候,我们那个城里还没有自来水公司,家家户户用水都得去井里挑,或者是买水。有拉水的车,整天不停地到大官井那地方拉水。人们把那种大井都叫作大官井,这种大官井都有个看井的,人们叫他"井官儿",看井的管收水牌子,拉水的拉了多少车水,得交多少牌子,这个我说不清。看官井的那个人的另一种工作就是不让小孩儿到井跟前去,西城门一进门洞的右手,圆通寺的山门外边,过去就有一口大官井,去那地方拉水的水车是络绎不绝,这说明这口井的水好。我们一帮小孩儿好奇,走到井跟前探头探脑往井里边看。井有什么好看的,井真是没什么好看,但我们就是想看看井里边。这么一来井官儿就急了,把我们好一顿臭骂,他那么凶,现在想想他应该凶,他要是不凶,不把我们喊开,一不小心掉井里一个怎么办。这口大官井到了冬天也是腾腾地冒着气,井边都是溜溜滑的冰。小时候我的理想就是什么时候能去那口大官井上滑一次冰车,把冰车先安放在井沿的最高处,人先慢慢挪屁股坐上去,得用冰锥子把冰车先稳住,然后把冰锥子一下子放开,冰车会一下子飞出多远！小时候我的初心还想去做一个贼，当然不是那种偷鸡摸狗的毛贼，我的初心是要做一个飞贼，可以飞檐走壁的那种，起码要像《水浒传》里的"鼓上蚤"时迁，踮着脚尖一跃一跃地走路，而且没一点点声音。除了想做飞贼这一个初心，我还有一个初心就是想去做那个井官儿，也就是去做那个看井的，我觉得挺好玩儿的，守着那么一口大井，坐在井边收收水牌子抽抽烟。可一转眼，这个城市里的水井忽然都不见了。

　　有当飞贼初心的那一阵子，我正在读《水浒传》，时时觉得自己身上弥漫着可喜的"匪气"，整天身上一跃一跃、一勃一勃，特别的不安分，我真喜欢自己的那种不安分。

香烟帖

关于烟，我的父母都是烟民，我们家是父亲也抽母亲也抽，比赛似的，家里整天都是烟雾腾腾的。东北女人抽烟并不稀罕，只是现在很少可以看到那路手里拿着个大烟袋的女人，盘着个腿，坐在炕上，身边有个小烟笸箩，脑门儿上有两个拨火罐留下的印记，这种场面我其实是挺喜欢的，喜欢它有市井气，但凡是有市井气的场面我一般都会喜欢。

关于烟，我想讲一个笑话，这笑话我曾经写在一篇小说里，也就是坐车，是那种过去的绿皮火车，当年坐这种火车是不禁止人们抽烟的。这边，一个女的，挺年轻的这么个少妇，在抽烟，而且在不停地望空吐烟圈儿。她的烟圈儿吐的可真够好，圆圆一个圈儿吐出去，会慢慢在空中越变越大，后半夜的车厢里几乎没什么人走动，该睡觉的都睡了，没人把车厢里的空气搅动，所以这个时候是吐烟圈儿的最佳时刻。而她的对面，恰好坐了一个中年男人，他先是趴在那里睡觉，忽然睡醒了，打着哈欠，眼睛渐渐有了神彩。他看着对面的她，看她一个接一个地吐烟圈儿，忽然也技痒了。他掏出自己的烟来，大婴孩，两毛钱一盒的那种，他点根洋火也跟着抽了起来。而且，他也开始吞吐，他吐的不是烟圈儿，他的技艺更好，他吐的是一根笔直的烟棍。当那女的吐出来的烟圈儿在空中慢慢越扩越大，他猛然吐出一个烟棍，这烟棍吐的可真够有力，真够有水平，竟直直地穿过那个少妇吐的烟圈儿。少妇吐烟圈儿他吐烟棍，少妇吐烟圈儿他吐烟棍，而且每次他的烟棍都是穿少妇的烟圈儿而过。直到少妇站起来放声大喊："抓流氓啊，抓流氓啊！"一车厢的人遂被惊醒。而绿皮火车并没有因此而停顿下来，还继续"哐当当、哐当当"地开下去。这绿皮的火车，在夜里，看上去还是绿的，很好看。

熬夜帖

说来有些好笑,我的家人,从来都不把我是个作家当回事。也就是说,并不因为我是个作家,而且还算是个不错的作家当回事。不过想一想这也是极其正常的,亲情高于一切,你和家人在一起还摆显什么文学?所以,和家人朋友们在一起的时候我从来都没觉得我有什么地方与众不同。

当然,那种感觉,那种突然觉得自己多多少少有点与众不同的感觉有时候也会有,那就是在熬夜的时候。我的熬夜在朋友中是出了名的,写小说熬夜,熬夜写小说,夜里写小说的好处是不会受到一点点干扰,可以说,好的小说一般都是夜里写出来的。熬夜让我觉着自己有些与众不同的地方是,这时候人们早都睡下了,周围是那么的寂静,而我却清醒着,而且越来越清醒。我现在还能常常记起写小说写到了后半夜,也就是凌晨三点多的时候，不是困倦难当，而是饿，便会轻手轻脚去到厨房找一口吃的，冷馒头或者再有点豆腐乳。此刻，普天下的人们都在梦乡里，我一边吃东西一边会轻轻推门出去，去院子里活动活动筋骨。我站在我家北边的那个极小的院子里，一时夜色青森，繁星满天，猎户星座和仙后星座都在天上，我只觉他们便是两个人，正在朝下静静地俯视着我。此刻远远的地方忽然有爆竹"噼啪"燥脆地响起，在这样的夜里，虽只有四五响，但不知多少人会被惊醒，便知道明天有人家要办喜事。按照我们这里的习俗，第二天办喜事这个时辰是要放爆竹，爆竹响过后，忙着办婚事的人家便会开始新一天的忙碌，灯光下一切都新鲜而充满喜意。

在这样的夜晚，写累了，往椅背上靠一靠，我还常常想起在母亲怀抱里的事。那时家里总是有客人，都坐在那里说话。我已经玩累了，被母亲抱在怀里，其实我还醒着，是努力不让自己睡着，却听见母亲对旁边的人说："还是小孩子好，说睡就睡着了，说睡就睡着了。"其实我还没睡着，我想对母亲说我还没睡着，但母亲这么一说，我却果真就睡着了。但即使是睡着了，我还是能感觉到母亲把我从她的怀里轻轻放下，给我轻轻地把衣服脱去，又给我把被子轻轻盖好。这样的夜晚是多么美好。我在夜里每每想起这些事，忽然就像是眼角有了泪，抬起手来，而果然是泪，再看看表，已经是凌晨两点多了，再写一个小时吧，我听见我自己对自己说。我的许多小说就是这样熬夜写出来的，即使是现在，一篇小说写顺了手，就会一直写下去写下去，一直写到后半夜，看看表，竟然又已是凌晨。还是老习惯，我还会轻手轻脚去找口吃的，然后推开通向露台的门站在露台上活动一下筋骨，我现在住在六楼最高层，抬起头看看，四下里望，可真是无边的夜色青森，繁星满天。

煮茶记

我喝茶向来很随便,是碰到什么就喝什么。朋友们送的茶又总是喝不完,家里有一个小冰箱是专门用来放绿茶的,红茶与普洱之类不必往冰箱里放。好的绿茶鄙人却以为必须放在冰箱里才好,过一年两年再拿出来喝和新茶几乎一样。

鄙人平时总是喝绿茶图得是方便,只要有开水就行。南方喝功夫茶如果再加上种种表演真是让人好不耐烦,"韩信点兵""关公巡城"地絮絮叨叨讲一遍没一点点意思。

壬寅年开春以来,鄙人是大喝井冈山的"狗牯脑茶",着实是因为南昌的止一堂主盛情地再三把这样的好茶寄过来,便索性大喝特喝,正宗的狗牯脑绿茶也着实好,并不比诸如"西湖龙井""黄山毛锋""信阳毛尖"这样的名茶稍差。喝着这个茶,心里就想起那句诗:"有花堪折直须折,莫待无花空折枝。"这两句诗其实和喝茶没有一点点的关系,但忽然就想起这么两句,而且用在了喝茶上边,这样一来好像是找到了什么根据,索性就接连不断地喝。因为接连不断地喝这样的好茶,在心里终究又像是做了什么坏事,心里也盼着若是有懂茶的朋友推门进来一起喝才好。但壬寅年像是岁月已不是岁月,青天白日也不是青天白日。忽然想起要喝喝红茶或普洱,便索性煮起茶来。茶是煮了又煮,但一个人煮茶一个人喝,日影从东复到西,真是让人惆怅难言,是为记。

冬天里来雪花飘

汪曾祺先生的许多小说都可以拿来当做小说读,而其许多散文也有小说的味道。比如他的小说《七里茶坊》,不管别人怎么说这是一篇散文,而我始终认为这是一篇杰出的小说,汪先生在这篇小说里就说到了粪店。"粪店"这个词,现在在辞典里很难找到了,这个词也许会永远消失了,即使在现在的村子里,许多的年轻人也都不知道"粪店"是怎么一回事。

粪店是季节性的,我想应该只有北方才有,南方的乡村我想是不会有粪店的。北方的冬季天寒地冻,大雪纷飞,是农闲的季节,地里没有什么活——可以说没有任何活计可做,在这个冬闲的空档里,粪店出现了。粪店一般都设在城市的边缘上,没有在市中心去开这个店的。这个店也不能说是开,就是找有那么一大片空地的房子,乡下的人来了,都是些精壮的后生子,他们在天寒地冻的时候住在店里能做什么?他们的工作就是出去收集城市里的大粪。他们跳到公共厕所的粪池子里去,他们只能从公厕的后边跳下去,这时候公厕后边的粪池子都冻结实了,里边都是冻的硬梆梆的粪便,他们要把这冻的很结实的粪便起出来拉回去,明年会把它们撒到地里去,这可是最好的农家肥。他们用冰锛子,我不知道那种有一根长竿儿下边是一个铁凿子模样的工具是不是叫"冰锛子",他们就用这种工具把粪池子里冻结实的粪便一块一块凿出来装上车,然后拉回去。回去?回哪去?当然是回到他们住的粪店里边去,然后把一车一车冻成块的粪便再卸下来,堆在粪店周围的空地上。一堆,一堆,又是一堆,过几天,再出去再回来,空地上又是一堆一堆又一堆。

  他们住在粪店里,外边刮着北风,下着大雪,他们睡在一条大炕上。那炕可真大,从这头往到那头,一个挨着一个可以睡十多个人。他们吃什么?他们每个人都自己带着干粮。那时候的口粮都是定量,出来的时候每个人都需要把自己的口粮带好。粪店的墙上钉了不少木橛子,他们的口粮袋就各自挂在一个木橛子上。村里会派一个人专门负责给他们做饭。晚上临睡前做饭的会问,"明天吃什么啊?"那些精壮的后生子,他们都还那么年轻,大多都还没有结婚,他们很快就合计好了,"吃莜面窝窝吧。""好,就吃莜面窝窝。"一个人做十个人的饭,不可能一下子做出几种,要吃什么就都是什么。在山西北部,莜面是好东西,也抗饥,所以他们都会带些莜面出来。菜呢,北方乡村的冬天能吃到什么?不过是山药蛋黄萝卜,也许还会有几棵很大个儿的圆白菜。特别大的圆白菜有时候会长到小磨盘那么大,力气小的人一个人都抱不动。他们的日子是辛苦的,他们住在一起,挤在一条大炕上。整个冬天,他们就都住在城市的边缘。

粪店外边的粪积多了的时候会被送回去。他们从粪池子里凿出来的那种粪不能直接当肥料使用,要往里边掺土,要让它们好好儿发酵。掺一回土,就要用锹把粪堆倒一回,再掺一回土,再倒腾一回,这都是力气活儿。大冬天的,他们干的满头是汗。倒腾好的粪堆还要把表面用锹拍严实了。一堆一堆又一堆,它们都静静地待在那里,到了春天它们会被全部拉回到村子里去,会被洒到大地里去。到了春天,粪店被上了锁,粪店周围的空地上什么也没有了。

在中国各种的词典上现在根本就查不到"粪店"这个词。

汪曾祺先生在张家口一带工作过也积过粪,但汪先生跳到过粪池子里边去没有?这个可无可考证了,但他的《七里茶坊》现在读来还让人觉得亲切。汪先生当年待的地方离我这里不远，一个小时多的路就可以到，是张家口那边。张家口是风口，到了冬天可真冷。汪先生的这段文字里还说到了供销社："这是一个中国北方的普通的市镇。有一个供销社，货架上空空的，只有几包火柴，一堆柿饼。两只乌金釉的酒坛子擦得很亮，放在旁边的酒提子却是干的。柜台上放着一盆麦麸子做的大酱……（这地方风雪大，房顶多是平的）。连路边的树也都带着黄土的颜色。这个长城以外的土色的冬天的市镇，使人产生悲凉的感觉。"

每读这段文字，我的心里是既难受又温馨，这真是一种说不清的情感，永远说不清，也不需要说清。

焦雷帖

我是怕雷的，有时候半夜会给雷打醒，我二话不说爬起来就会往床下钻，我认为床下安全。现在我还怕雷，天上雷声大作，我在屋里就会六神无主。我小的时候亲眼看到过一个雷从天花板的灯泡那里一下子直打落在地，我当时想，幸好当时我不在灯泡下边，如果正好站在那地方，我很有可能就完了。雷是什么样？就是一个圆圆的火球，那个从电灯泡打下来的雷就是这么一个火球，落下来，忽然就地消失，真是怕人。我还看到过一个很大的雷，巨大的，白炽的，隆隆作响的。那是晚上，我在亭子里躲雨，随着一声巨响，就看到那个很大的白炽的火球随着雷声从西边隆隆然飘过来，直飘到我父亲待着的那间屋上，轰然的一声巨响，雷就消失在那间屋的正上方。我马上没命地往那间屋跑，我担心我的父亲，即至进了那间屋，我

/ 焦雷帖 /

看见父亲安然地待在屋里正在做他的事。我问父亲,刚才看到没看到那个雷?父亲说只听见雷响,没看到有什么雷,我对父亲说有这么大个火球,从西边过来,一下子就砸在你待的这间屋子上了。那一次,可真把我吓坏了。看古典小说和听民间传说,雷是专门从天上下来来打坏人的,打完坏人还会在他的背后批上字,把他的罪行一条一条批在他的背后肉身上,这真是吓人。道观的壁画上可见雷公的形象,鸟嘴青脸,手里拿着两个铙钹,这种想象比较写实。他把手里的铙钹一撞击就是一个雷,一撞击就是一个雷。小时候常常听人们说"雷公电母风婆婆",他们原来居然是一个组合,是一个班子。风婆婆是双手拿着一个很大的口袋,里边装的不是别的东西,里边全是风,她把她手里的口袋打开,风便从里边吹出来。刮风闪电打雷总是连在一起的,他们三位一出现就都出现,不出现就都不出现。我曾经下乡挂职的那个镇的西边有个叫"北宋庄"的地方,那个村子里有个小庙,庙里的壁画画得可真是好,雷公电母风婆婆都在上边。我带朋友们去看,谁看了都说好。我离开那个镇子已经多年,不知道那个小庙现状如何?那上边的壁画我想应该是明代的,画得可真是地道,平面边施了泥金出线,有立体感。

关于雷,我在北戴河遇到过一件奇事。我们在小酒馆里喝酒，有人冒着雨从外边进来，湿漉漉的问店老板收不收麻雀，说着就从外边搬进三大筐子死麻雀来。好家伙，我们都感到吃惊，怎么会有这么多死麻雀？那人说刚才一个雷正好打在了一棵大树上，树上的麻雀给震落了一地，捡了整整三筐子，这真是传奇，时过多少年，我总是忘不了这事。满树那么多的麻雀一雷击落。

关于雷声，在中国的汉语里边有多种词语，按程度可分为轻雷、闷雷、焦雷。我以为焦雷是雷里边最怕人的，"咔嚓嚓"猛然一响，没人不惊，无人不怕。我没事练习写字，喜欢写鲁迅先生的那首《无题》："万家墨面没蒿莱，敢有歌吟动地哀，心事浩茫连广宇，于无声处听惊雷。"我想鲁迅先生笔下的这个惊雷就应该是焦雷，"咔嚓"一声，促人猛醒！人这种东西，说来也怪，越怕什么还越想听到什么，比如我怕焦雷，却偏偏又想听到焦雷，而今年虽大大小小下过许多场雨却始终没让人听到焦雷，这不免让人多少有些失望。广东音乐我是喜欢的，其中有一支曲名就叫做《旱天雷》，我很喜欢这个题目，曾用这个题目写过一个中篇小说发在《上海文学》上。

夏天已经过去了，秋天会有焦雷吗？我等着，也许有。

阳原帖

阳原在去张家口的道上，离我住的那个小城不远。当年闲着没事，朋友对我说你闲着也没事，今天跟我去一趟阳原吧。好吧，去就去吧。我就跟着去了。从我们那里去阳原，是一直朝东，路上几乎都是运煤的车。那条道也可真黑，路上都是煤渣子，有人在路上扫煤渣子，满脸的黑，都是煤面子。他们把路上的浮煤扫好，然后一口袋一口袋地装走，回去烧火用。一路行来，路两边还有不少煤场子，煤场子上左一堆右一堆堆的都是煤。当时在路上跑的大车都是公家的，煤场子会把这种公家车拦住让他们下一点煤，车上的煤反正是公家的，下就下点吧，再说一大车煤下个百八十斤也看不出来，煤场子会悄悄给开大车的师傅几个钱，路上买烟喝酒用。路边还有不少小饭店，也是专门给大车的师傅们开的。

车到了阳原，带我去的那个朋友说先洗把脸吧，看这脸黑的，遂把我领进了一个厨房。厨房很是阔大亮堂，干干净净，一股子莜面味儿。阳原、张北、张家口这一带的人们几乎是天天都吃莜面。再蒸几个坝上的大紫皮山药就是一顿饭，当然还会离不开酸菜。好吃不好吃？很好吃，贵客到家也是这饭。如果可以的话会再蒸一大海碗羊肉臊子。也就是把新鲜而肥瘦相间的羊肉剁碎了，里边放几粒整花椒，再放很多的水，那么一个很大的海碗放在笼里蒸，笼屉更大。蒸到一定时候再往里边洒些葱花，把蒸的差不多的羊肉臊子顺便再用筷子打一打，羊肉在蒸的时候会形成一个肉饼子浮在上面，把它打散了，臊子才好吃。莜面窝窝蘸羊肉臊子是好饭，可平时人们吃不到，羊肉那几年还算便宜，五六块钱一斤，现在的羊肉太贵，三十多块一斤了。

我们就在厨房里把脸洗了。洗脸的时候我发现大师傅在离灶不远的地方取水，从地上取水。想不到井就在厨房地上，想不到那地方居然有口井。就在离灶不远的地方，井上有个木盖子，以防什么不干净的东西掉进去。大师傅把井盖子打开，一弯腰，直接用瓢就把水从井里舀了上来。我是第一次见到这种井，真是稀罕极了，这种井我在别的地方没见过。可见当年阳原的地下水有多么丰富，而水位又是多么的高。可现在不行了,阳原已经成为了一个缺水的地方,水都让煤矿给打没了。

我们吃饭的时候,主人笑着对我们说阳原还有一好,那就是这地方的茄子,又黑又紫又长。主人还怕我们不信,让旁边的人把个茄子拿过来给我们看,这简直就是把我吓了一跳,那么大的茄子,足够一尺半长。"拿这个茄子打人,一下子,茄子会'啪嚓'一声从中间断开,你看这茄子有多脆。"但我至今不知道茄子的好吃与不好吃与脆有什么关系?"走遍山西你都找不到这么好的茄子。"主人又对我们说。但我知道阳原属河北,跟山西没什么关系。

从阳原往下走,走不多远就是张家口,我以为张家口的出名与"大境门"烟分不开,"大境门"烟不贵,赶车的也抽得起,冬天进城起粪的农民也抽这个。他们都是些精壮后生,他们跳下粪池子去凿粪,粪早都给冻结实了,只能用铁锹子一下一下凿,一弯腰,把夹在耳朵上的一根烟给掉了,"他妈的,浪费了我一根'大境门'!"那时候,没人不知道"大境门","大境门"就在张家口,但我从来都没想起过要去看看,不知道这个"大境门"现在还在不在。

阳原还跟一个地方挨的很近,那就是宣化,宣化在明清时期又被叫做"宣大府",这地方可不一般,起码在我心里那是个神圣的地方,因为徐渭在那地方待了有小一年。

绿皮火车穿过长夜

今年坐了一次老式绿皮火车,虽然慢,虽然不停地"呜呜"叫着,却忽然让人怀起旧来。

小时候在睡梦中总是能听到火车从南向北开。声音是在我们的西边,那边是空旷之地,是不属于城市的地域,是一片连着一片的庄稼地,再远处,还有在夜里依然灯火辉煌的工厂。在那寂静的晚上,绿皮火车从远到近,再从近到远,呜呜地叫着开过去了。还记着母亲在灯下坐着等父亲从火车站回来,午夜的灯光有点白,有点恍惚,有点不太真实。给父亲留的饭在火炉子上热着,"嘟嘟"地冒着气。母亲说,就这趟火车,你爸要回来了。当年粮食紧张的时候,坐火车有一个好处就是不需要交粮票就可以买到只有火车上才会有的那种饼子,鄙乡叫"油旋",烧饼的一种。但一个人也只可以买两个或三个,再多就不可能了。

绿皮火车的年代里，无论是什么时间，哪怕是后半夜，霜重夜寒或风雨交加，只要车一到站，站台上马上会出现很多的小贩，他们戴着他们的狗皮帽子或围着围巾，举着他们的各种小吃拥到火车的窗口边或者径直跳上车来——带着车厢外的霜雪与寒气上到车上来。车再次开动后，车厢里会有他们留下来的一滩一滩的水渍，被车厢里的灯光照得很亮。在这样的绿皮火车里，后半夜，人们大多都睡了，是各种的睡姿，各种的鼾声，轻微的和如雷般从喉间滚动而出的鼾声，它们交合在一起，可真是一种奇妙的交响，让这午夜后的绿皮火车车厢显得更加安静。也有人不愿意睡，在低声地说着话，是年轻的一男一女，他们怕别人听到他们说话的内容，但又不得不说，所以尽量都把声音放低了，这么一来呢，他们的话音好像是从很遥远的地方传来，有几分朦胧，但连绵不绝，一句接着一句，虽然模糊不清，却又实实在在存在着。

还有人在打扑克，一张牌甩出去，"啪"的一声，又一张，又"啪"的一声，是四个人，分两家，他们一边打着扑克一边嗑着瓜子，忽然哗然地笑起来，是某家赢了，轮到输家洗牌了，洗牌的人必定是个高手，而那副牌也必定是副新牌，卟卟卟卟、卟卟卟卟，牌与牌互相碰击的声音原来竟也好听，纸与

纸原来竟也能发出让人愉悦的声音。各种的打鼾声,打扑克的"啪啪"声,坐在另一边的小声说话声,绿皮火车时不时的鸣笛声,这构成了绿皮火车的夜晚特有的温馨气氛。再说那两个一边吃烧鸡一边喝着扁瓶装烧酒的乘客还在一边吃着一边喝着,空气里弥漫着烧鸡的香气和烧酒烈烈的酒气,这更增加了绿皮火车的温馨……

一条大炕波浪宽

小时候，我们家住的那个院子可真是深沉阔大，院门只开在北边，那两扇院门亦是阔大，关时要两个人同时推动。刚刚住进那个院子，那两扇大门夜夜都要关拢，"吱呀"推动，"哐啷"关定。大门上开得一个小门，小门便轻便许多，夜里有人出入，只须轻轻开合。院子的南边原来亦有两扇门，后来却被工人用青砖封死。院子大，是东边三排，西边五排，每排皆有七户人家。晚饭时节，家家炒菜煮饭，炊烟从屋顶漫上去，又再平下来，平地亦有烟岚之气。这是夏日，院子东边只是一道护城河，河边长两排青杨，每到黄昏时，树上栖落鸟雀成百上千，叫声稠密响亮，聒噪中亦有说不出的喜气。青杨树下矮的那一排是紫穗槐，紫花黄蕊，花虽小，却有尊贵气，虽是草木，却锦绣之质。从我家住的大院子出去，往东，便是护城河,当地人只叫它"壕",若再加一个字,就是"城壕"。夏天涨大水,白茫茫一壕水与两岸平齐,只见燕子贴水飞。

其实,我是想说说土炕的,因为天气一天比一天冷,忽然就让人想念起土炕来了。那时候,家家都是土炕,几乎是没有睡床的人家。炕的好在于不会你一有动静它就"吱呀"作响。一条大炕睡五六个人,五六条被褥相挨着一字铺开,真是花团锦簇,民间的寻常日子亦是有红有绿。所以,即使是数九寒天,睡在上边也是暖和和的。这样的土炕,一般分南炕和北炕,南炕就在屋子的南边,太阳整天都能照在炕上,北炕自然是在屋子的北边。一般来说,炕的面积要占到屋子的三分之一。也有一间屋子里有两条炕的,叫南北炕,这样一来,屋子中间的地方就小多了。一间屋里有两条大炕的人家一般是人口多,比如说,老父母睡南炕,孩子们或小两口睡北炕。

在北方,最小的炕是"棋盘炕"。这种炕一般都在堂屋里,它只占堂屋的一个小角,这个小炕一般都是和灶相连着。北方的土灶一般都是两个灶孔,前边在炒菜,后边的那一个灶孔上的小米稀粥也许早已经熬好了,或者是正在煮着一小锅砖茶,满屋子的砖茶味,砖茶是什么味儿,还真不好说。这样的炕上可以放一张小饭桌,一家人坐在上边吃饭是很合适的,但你必须要学会盘腿。一顿饭吃一个钟头,你得盘一个钟头的腿,要是喝酒,而且是喝慢酒,比如从晚上六点喝到十点,你照例得盘四个钟头的腿,这是要有功夫的。这样的炕,也只能睡一个人或两个人。在北方,客人来了,主人便会马上说,"上炕上炕,快脱鞋上炕。"这话现在是听不到了。因为即使是在北方,现在人们也很少睡炕了。

那一年,老金从上海来我家,记得他说,你要是想在屋子里盘一条小炕的话,你就打电话给我,我带上瓦刀来给你盘条小炕。可见,他是知道炕的结构的。我现在还在想,什么时候去乡下买一个院子,到时候请金老兄过来盘一条小炕。会盘炕的人现在已经不多。炕盘不好,生起火来会"打呛","轰"的一声,像是什么爆炸了,屋子里马上都是黑灰,或者是烟不从烟囱里出,而是都冒在屋里。而最可怕的我认为就是"打呛","轰"的一声,有时候会把灶上的炒菜锅都给掀起来,你都会怀疑是不是有人在灶里埋了定时炸弹。

小时候,我住的那个大院子的家里有两条炕,里屋是大炕,外屋是小炕,就是我说的那种棋盘炕。父亲和朋友总是在外屋小炕上喝酒,动辄一喝就喝到后半夜,外边的雪,纷纷扬扬早已是一两尺深……

行酒令

写下这个题目，便想起家父喝酒的事。东北人喝酒向来是比较爽利，而记忆中的事是家父整日在那里喝酒，这是一件让人讨厌的事。我至今喜喝烧酒恐怕是和家父分不开。家父对酒，向来是不喜曲酒，家里做菜也要用烧酒。葱爆羊肉这道菜，要想好，必得用烧酒烹它一烹，烧酒烹下去，火"轰"地起来，这个菜才好吃，用料酒则没那个味道，北方的老黄酒更不行，太甜。真正的喝酒，菜像是在其次，大鱼大肉的上来倒不为好酒者所喜，盐煮花生米或是简单的一盘猪头肉即可，但一定不能急匆匆赶路样儿你追我赶地喝，慢慢一边喝酒一边说话，一粒花生米要分两次吃，这是真正的喝酒把式所为。现在想想，又羡慕他们。

家父喝酒，向来不行酒令。只记得有一次家父和他的朋友

/ 行酒令 /

说起喝酒划拳的事,念了一次"螃蟹一呀,爪八个呀,两头尖尖,这么大的个儿呀"。这个令的有趣之处是在于如果一路念下去会像学算术一样不停地加来加去,"螃蟹俩儿呀,爪十六呀,两头尖尖,这么大的个儿呀""螃蟹三呀,爪廿四呀……"如此一路加下去也挺有意思。家父不爱斗酒,喝到兴头只把那本母亲叫作"酒鬼书"的书取过来翻,随便翻,翻到某一页,该谁喝谁就喝,也大有意思。比如这一页是画了一个古时的小脚女人一左一右挑了两大桶水在那里蹙眉踟步,而在这幅画的旁边便写有"翻到此页者左右宾客各饮一大杯",或者是画面上画了两个人正在交头接耳,旁边便写有这样的话"席上交头接耳者饮"。父亲很喜欢这本软软的线装书,一本书,酒友们轮着翻,一圈儿下来谁都不少喝。母亲把这本书叫作"酒鬼书"。有一次,父亲找它不见,问母亲,母亲说大概在镜子后边。父亲抬手去镜子后边只一摸便找到了它。这本书后来归了我,再后来一个朋友看着好玩儿,拿走和他的朋友们去"左右各一杯"或"交头接耳者饮"去了。

喝酒多年,知道划拳行酒令的事,也知道划拳的规矩。比如划拳的时候你就不能伸出一个食指对人,更不能伸出一个中指给人看,出一个手指的时候,小拇指最好也收起来。鄙人酒量虽可以不给东北人丢人,但鄙人向不擅大呼小叫,所以至今还划不来拳。酒令却记下了几个,补记于下,其一是:"一挂马车二马马拉,车上坐了娣妹俩儿,大的叫金花,二的叫银花,赶车的就叫二疙瘩,嘚驾,二疙瘩,嘚驾,二疙瘩。"其二是:"一根扁担软溜溜,我挑上黄米下苏州,苏州爱我的好黄米呀,我爱苏州的大闺女,俩好呀,大闺女,三星照呀,大闺女。"有些酒令虽俚俗不堪,却十分平仄上口,而且在中间很巧的还转了一个韵,亦可为初学写诗者做范本也,想必,拍微电影也会叫座儿。

岁朝

　　往昔过年过节,母亲总是会买些青红丝回来,而且会仔细闻闻,以辨别真假。母亲告诉我好的青红丝一定要用佛手做才香,才有味儿,橘子皮做的青红丝味道稍逊。青红丝有什么味儿?像是没什么味儿,但你要是把它放嘴里仔细嚼嚼,味道便会出来,那味道像是只在齿间,清香而又稍稍有那么一点涩。有用白萝卜做青红丝的,那是只能看,味道却全无。广式点心和京式点心的馅儿都离不开青红丝,腊八粥好像也离不开。一是颜色好,二是给舌头点快感。说实话青红丝也只能给舌头去领略,你要是用鼻子去闻,那真是没什么好闻。

　　当年,母亲做糕馅儿一定会放些青红丝,端午节吃凉糕,上边也要撒一些青红丝。小时候我不怎么爱青红丝的那股味儿,总是用筷子把它一一挑掉。月饼馅儿里有那么点青红丝我也会一点一点把它们抠出来。父亲看我在那里往出抠青红丝，会很不满地说两个字："——糟践！"

　　佛手的香很怪，说它清，它又浓，说它浓，它实在又很清。你用足了心思去闻，是越闻越没有，你不用心去闻，它会一股一股地往你鼻子里钻。那年在太谷天宁大寺，我坐在寺院西边的方丈室里，鼻子里忽然闻到了异香，仔细找找，是一枚小小的娇黄的佛手，端端供在一个豆青的小瓷盘子里。以佛手做清供，最好能与豆青瓷或德化白瓷相配，才会显出佛手的娇黄好看。如不用瓷，用玻璃盘也对路。我常用家藏一只一尺三寸大北魏天青乳钉玻璃洗放四五个佛手，人人看了都说好。现在想想，倒是很让人想念那个北魏天青玻璃洗，那么大的北魏玻璃器现在已经很少能让人见到，虽然那只玻璃洗已有大裂，但尚不缺肉，现在再想一见，简直如同隔世！《红楼梦》一书写到探春的屋子里供了一大盘黄澄澄的佛手，我以为那实在是太多了，佛手也只好供一只两只最多也就三五只，太多，味道会太冲。佛手的香有清冷之气在里边，所以让人觉着好，你要是没闻过佛手的香，你大可以去水果店把鼻子放在橘子堆上领略一下，就那么个味儿，差不多。佛手之所以好，一是香，二是形好。它那样子，天生就是要人供在那里。每年的年末，我都要买几只佛手做清供，找一只好看的白德化瓷盘，把佛手端端地放在那里。佛手最怕喝了酒的人去用鼻子闻，用酒气一哈，佛手很快就会坏掉。佛手像佛的手吗？有那么点意思。但我想佛要是真伸出这样一只手来普度众生，肯定会把众生吓一跳！

佛手之香，几近清寒苦涩，这可以和桂花的香对比一下。桂花的香是热香，热烘烘的，感觉是一大片一大片。而佛手的香是冷香，是一股一股。香还有冷热之分吗？怎么会没有？水仙、梅花、佛手的香统属冷香，而桂花、玫瑰，玉兰之属却是热香，越热越香，闹哄哄的，那香是扑着你过来，而佛手的香是要你用鼻子去细细寻找。

我喜欢佛手，每年过年，要是案头没了佛手，就像是少了什么。佛手可以入画，但鲜有画得好的，白石老人也画，但他也画不好，他笔下的佛手也是怎么看怎么别扭。

换春衣

还是在下雪的时候和朋友们约好今年春天要去看一回梅花和玉兰。结果是诸事繁忙，春天忽然就来了，忽然马上又要去了。南方的梅花和北京的玉兰不觉已开到阑珊。

萧山的唐梅和宋梅也只能还在想象之中，好在它明年还会再开。如果到了明年它忽然被人连根拔去再也让人看不到岂不遗憾？朋友这么开玩笑说，虽是玩笑，却让人感到愕然，觉得今年没有到南边去真是一件憾事。但不遗憾的是吃到了很好的荠菜包子，却不是庆丰牌的那种，是朋友包好速冻用保鲜箱快递寄了来。吃过了荠菜包子，忽然觉得春天真是来了。

每年到这时候，总是要怀念母亲，这是换春衣的季节。古人说的"春衣既成"，一如孔子先生的"莫春者，春服既成，冠者五六人，童子六七人"。是既邀成年人亦邀未成年人一起

/ 换春衣 /

去郊外谈论怎么样治理国家,这自然是正经事,而且是大事。在春天骀荡的暖风里谈这些事正合了"一年之计在于春"这句老话。若穷冬风烈,要谈的话题可能是另一种了。但治理国家的事向来不是一般人的事。一般人随着天气变化也只不过是脱去皮的,换上棉的,脱去棉的,换上夹的,脱去夹的,换上单的。一年年就这样过下来,只不过是周而复始地念"穿衣吃饭"四字经而已。而从古到今能够吃饱穿暖却大非易事。诚如周作人在他的诗里所言"人生一饱原难事",这句诗出自他的哪一首诗却一时让人想不起了。此老一生似乎总是为果腹之事而累,新中国成立后他给曹聚仁、鲍耀明等故人写信少不了说到吃,并一次次请他们从外边给他代买一些食品寄来。

说到春衣,向来应该是两层的那种夹衣。现在把两层的衣服叫夹衣的人已经不多,而西服肯定是夹衣之属,因为它是两层,但不会有人把西服叫做夹衣。春天虽然一天比一天暖和起来,但春天毕竟不是夏天。到了夏季,脱去夹衣,才是单衣,单衣也就只一层夏布,是北方所谓的"单衫"。陆游有诗曰:"过尽梅花把酒稀,熏笼香冷换春衣。秦关汉苑无消息,又在江南送雁归。"这首诗特地点明换春衣,可见衣食之于人生并不是一件小事。陆游先生这里所说的熏笼可能与陈洪绶笔下的那个美人所倚靠的熏笼不是一回事,陆游先生这里的熏笼想必是烘衣所用，而陈洪绶笔下的熏笼却应该是在熏香。烧一点沉香，再罩以一个很大的竹编的笼，人倚在笼上即使是什么也不做，让旁观者看了也是一桩有美感的事。但此人须不大胖才好，竹编的熏笼方承受得住。

春天的衣服，向来应该是在冬天里慢慢做起，刀尺量裁亦非轻松之事。改革开放之前，不是你拿上钱就可以去什么地方把现成的衣服一下子买回来，极为少数的人家是去裁缝铺做，要不就是请裁缝上门，但大多数人家都是主妇在那里夜以继日地针黹辛苦。母亲去世多年，我还保存着母亲当年使用的一枚铜顶针，一枚铜把儿的锥子，有时候我会用它来装订一下书本。写这点文字的时候，陈赋小友说他的亚麻衣服拿到下边的洗衣店去收拾，而洗衣店不但费了好大的工夫把亚麻衣服用熨斗熨得溜平，而且还要多加收五元手续费。这真是一件很好笑的事情，不过现在穿亚麻衣服的人毕竟少了，亚麻衣服的好就在于它的松松脱脱，清代宫廷画家曾画有一幅《雍正帝行乐图》，雍正帝着道装，其衣服上的衣纹真是水纹般多到不能再多，现在想想，那应该是件亚麻长衫。但春天即使再暖和，也还不到穿亚麻的时候。这"春衣既成"的春衣实实在在应该是夹衣，正经的春衣应该是两层的夹衣。但里边如果再穿一件衬衣便是三层，坐在春风里是应该有些热了，但如果只穿一层的

/ 换春衣 /

单衫，早晚要凉，但夹衣里边什么也不穿，好像又不太好。阴历甲午的今年好像是没了春天，还没出阳历四月，气温已经是零上 27 度。感觉是从冬天直接就进入了夏天，这样一来，你即使准备了春衣也没有穿它的机会。

赌酒

鄙乡把小孩子的玩具统统都叫作"耍货",小孩子们的耍货也就那几种,从陀螺开始,到可以推得"哗啦哗啦"响的那种铁圈,当然还有万花筒和用染过的羽毛做的那种毽子。而我最喜爱的还是泥做再描上五彩的不倒翁,我母亲大人只叫它"搬不倒。"记得幼时前后一共买过那么几个,到后来照例都摔破了。再纠缠着母亲去买,买来玩几天再摔破,而且是有意的,总是想看看这个不倒翁的里边有什么,怎么居然会一次次地打倒一次次地马上地起来。白石老人笔下鼻子那地方有一块白的不倒翁我没见过,从小玩过的几个都是寿星模样,白胡子,长眉毛,团团地坐着笑呵呵地看着你,让你一次次地把它按倒,他再一次次笑呵呵地起来。

及至后来长大,到了见酒非喝的年龄,忽然见到了酒桌上

/ 赌酒 /

的一种叫作"叫你喝"的赌酒的酒具,其实这"叫你喝"也就是个用泥做好再彩绘过的不倒翁,放在桌上让人们轮上转他,俟他停下,他笑嘻嘻地朝着谁谁就必然地要喝一杯,喝过这一杯酒,他就有了转这个"叫你喝"的权利。在没有多少酒可以喝的年代,喝酒的人都在心里暗暗希望它转向自己,在物质丰裕不愁酒喝的年代则相反,希望他转向别人。起码是早些年,有的饭店里还专门备几个"叫你喝",对小二说一声他就会拿过来。不过饭店里的这种不倒翁照例都是油乎乎的,也不知他千转万转转过了多少回,到底招呼人们喝了多少酒。在乡间的酒席上,没有"叫你喝",但人们照样可以赌酒,那就是转勺子。喝汤的小勺,放在盘子里转,等它停下来,勺子把儿朝着谁谁就喝那么一杯。或者等到鱼上桌的时候转那鱼盘,是鱼头鱼尾各喝一杯。轮着转下来,等到每人都喝了那么几杯后,鱼也早就凉了,这盘鱼亦可以算是赌酒的赌具之一。但现在的饭店里早已没了可以让人们转来转去的"叫你喝",集市上也见不到笑呵呵的"不倒翁"。不知民间还有没有人在做这种"不倒翁",其实这是一种很好玩的耍货,花不了几个钱买那么一个。做"不倒翁"用的那种胶泥,普天下到处都有。小时候跟着别人去河里挖这种胶泥,挖好一大团,把它放在一块石板上揉面那样揉来揉去,再把它做成一个又一个泥碗,然后在地上猛地一掷，会发出很响亮的响声，只为这一响。

白石老人画不倒翁，诗是这样写的："乌纱白扇焉然官，原来不过泥半团，将尔忽然来打破，通身何处有心肝？"白石老人八十之后曾写告示申明自己不吃请亦不去饭店，可见当时请他吃饭的人很多，请他去吃饭也是想要他的画，自然是揩老人的油，但他发出告示表示谁请他也不会去。但有人写回忆老人的文章，饭店有时候他还是会去的，只要他高兴，他还会主动请客，一旦他请客，照例是去湖南饭店。据说当年的湖南饭店的筷子比别的饭店要长一些，这里就要说到湖南饭店的一道叫作"水汆肉片"的看家菜，其实也普通，肉片用水淀汾抓过再用水汆，嫩而已。但湖南菜馆的筷子为什么特别的要长一些却是谁也说不清。

中国人喜好赌博酒，这和西方不一样，西方人的喝酒是吃完饭去酒吧里喝，很少在吃饭的时候就一杯一杯地赌起来。也更不会有"叫你喝"这种转来转去的赌酒具。晚上等着看世界杯，怕自己睡着，翻闲书打发时间，所翻的一本就是讲中国酒文化的书，想不到就写下这样的文字。

今年七月再去北京，有一个想法就是到处去找找这种小时玩过的"不倒翁"，这也据说只能去庙会上去找，而不知道七月在北京还会不会有什么庙会？如果有，不妨就再顺便买一

/ 赌酒 /

个泥做的兔儿爷,八月十五毕竟也不远了。如果有"不倒翁"卖,想必也会有三瓣嘴的"兔儿爷"。

但三瓣嘴的兔儿是不能拿来赌酒的,而人们也确实不能整天地喝酒,这是另一说。

夏日记

夏天之难过在于动辄要让人出汗，而且容易长痱子。近得一民间偏方，小儿出痱子可以用生姜切片擦擦，比风油精之类要好得多。记得那年在峨眉山报国寺，一时肚子痛起来，老和尚命喝风油精，喝下去居然很快就好了。那是第一次知道风油精居然可内服，不管说明上怎么讲，总之是内服了一次，至今也没什么事。

夏天让人难受的事还有就是胃口不好对付，吃什么都不香，而且很热的饭吃下去就要冒汗，而大量吃凉的也不是好事。比如把街上卖的冰棍一根接一根吃下去谁也受不了。冰箱现在是普及用品，买一大堆冰棍放冰箱里想吃就拿一根，这事让古人看见必会叹为大奢侈。

其实冰箱古已有之，大约是在春秋时期。因为手头没有图

/ 夏日记 /

谱可翻找，我平时没事总是爱翻看各种的图谱，知道春秋时期的大墓就曾出土过冰鉴，也就是古时的冰箱，把冰块放进去，再把要冰的食物放在冰之外的那一层里。

在古代，乃至现代，为了对付夏天的炎热，都是要储冰的。那年在北戴河，就看见工人们从一个坡底的洞里往出取冰，拉了一车又一车，据说那是一个很大的储冰之所，冬天把大块儿的冰一块儿一块儿存进去，到了夏天再取出来食用。北京这样的冰窖想必不少，但储存在冰窖里的冰到底能存放多久？据说是可以保持一年都不化，一是冰窖要深，二是冰窖里储满了冰温度自然是很低，尽管外边是烈日当头，但里边的温度一定只能是零下。现在到处都有冷库，各地储冰的洞还有没有鄙人不得而知。但我想还是应该有吧，天然的冰洞储起冰来起码还会省下不少钱。

新疆那边储冰，是先在地上挖很深的长方形的坑，然后把大块儿大块儿的冰放进去，在上边再苫上草，然后还要覆上土。到了夏天再把冰一块儿一块儿地取出来到集市上去卖，做成"冰果子水"。"冰果子水"也就是杏干和葡萄干泡的水，再加上一些刨成沫子的冰，在夏天，来一杯这样的"冰果子水"很是过瘾。

夏天之难过，有一个专用名词是"苦夏"。但你要是看一看专门以割麦子为主的麦客，你就不会以为自己的夏天是怎么苦了，麦客不是人人都可以当的，首先那热你就受不了。但我们可能谁都不准备去当麦客，所以不说也罢。

苦夏之苦首先在于人们都没什么胃口，与鄙人同乡的邓云乡先生说到了夏天最好是喝粥，粥菜便是咸鸭蛋，当然腌制过的咸鸡蛋也可以。但你不可能一日三餐都在喝粥，所以还要吃些别的。比如面条，那就一定要是过水面，面条煮好捞在凉水里过一下，然后拌以麻酱黄瓜丝再来一头新下来的大蒜。北方在夏天要吃捞饭，那一定只能是小米饭，蒸好，过水，菜是新摘的瓜茄之属，这个饭也不错。南方人的大米饭是否也这样用凉水过一过再吃？起码是鄙人没这样吃过，也没听人们说过有这种吃法。但咸鸡蛋确实是下粥的好东西。而这咸鸡蛋也只是腌几天就吃，不能腌久了，咸到让人咧嘴就让人受不了。常见有人一颗咸鸡蛋吃两回，在咸鸡蛋的一头先用筷子弄个洞，吃的时候把筷子伸进去一点一点吃，吃一半，再找一小片纸把这咸鸡蛋的口封好，下一次再接着吃，这大概就是这鸡蛋太咸了。

在夏天，天气最热，唯有一个地方能让人好受一些。不知是读谁的小说，像是李贯通兄的小说吧，主人公病了，发烧发得十分厉害，又是夏天，大夫就让人把他扶到家里的大水缸靠

/ 夏日记 /

着缸坐着，这不失之为一种取凉的好做法。小时候，看王妈做凉粉，把搅好稠糊状的粉膏用铲子一铲一铲地抹到水缸的外壁上，不一会儿那粉皮就可以从缸壁上剥下来了，也就是做好了。买回来的黄瓜洗好了扔到大水缸里，拿出来吃的时候是又脆又凉，还有那种粉颜色的水萝卜，也是洗好了放在水缸里，还有西瓜，整颗放在水缸里让它凉着。这必须是那种大水缸。我的父亲大人，曾把买来的鲫鱼十来条地放在缸里养着，我对那水便有些嫌恶。父亲大人反说把鱼放在水里水会更好，而且做饭也用那水，虽然用那水做出来的饭并没有什么特别的味道，但我也不喜。后来那鱼终被慢慢吃掉。家里的水缸，一年也是要洗上几次的。那样大的缸，洗的时候只有放倒，这便是小孩子的事，钻到缸里去，里边真的要比外边凉许多。

那种大缸，现在在市面上已经见不到了，茶馆里偶尔还能见到，种几株荷花在里边也颇不难看。

一揖清高

夏天去北京，鄙人有时候会在黄昏的时候在故宫角楼的护城河边一坐老半天。说来好笑，不为别的，只为看蜻蜓。旧宫苑的护城河边多红蜻蜓，是成百上千，或者是更多，而鄙人从小看的多是那种蓝蜻蜓，或者是那种亮灰色的。

少年的时候捉蜻蜓用蜘蛛网，找一根一头开叉的长树棍，再到处找蜘蛛的网，把蜘蛛网拧在开叉的那一头，然后去护城河边找蜻蜓，蜻蜓找到了，只需轻轻一粘，没有能跑掉的道理。捉蜻蜓好玩，但蜻蜓捉来就不好玩了，也只能在它尾巴上拴根线看它飞，这有什么意思呢？一点意思都没有。

鄙人从小学画，是从"芥子园"开始，但现在已经想不起"芥子园"里边有没有关于蜻蜓的画法，不看《芥子园画谱》已经有许多年了。但说到蜻蜓其实不用看，都在心里。各种的

一捏清高

昆虫里，蜻蜓的头会转，它一动不动停在那里，其实它的头在转，它不会回头，也不会掉过脖子看你，它的头是像方向盘那样转，很滑稽。蜻蜓的眼睛里像是有一个黑点，但那个黑点到底在什么地方谁也说不清，因为蜻蜓的眼里像是有雾。蜻蜓的两眼前边还有两根须，很短，我们叫它眉毛。如果和眼睛相比，这眉毛可真是太短了。

蜻蜓是昆虫里边的食肉者，它从不吃素，只吃肉。螳螂也是肉食者，而且更厉害。如果二者相遇，不知道它们谁会把谁给吃了。蜻蜓飞，螳螂也会飞，但螳螂比不过蜻蜓，螳螂的肚子大，飞的时候给大大的肚子坠着，它永远不会像蜻蜓飞得那么久那么远，所以我相信它永远不会把蜻蜓给吃了。蜻蜓有各种颜色，螳螂也有各种颜色，绿螳螂是紫肚皮，那个肚皮的紫和茄子的颜色差不多，非常的与众不同。麦秸色的螳螂是黄肚皮，这就没什么特别好看的地方。红蜻蜓是一红到底，尤其是漓江上的那种小红蜻蜓，那个红啊，真是好看，连翅子都是红的，让人看了头晕，它们就像是一个又一个的新娘子，穿了大红的衣衫去完婚，可它们去什么地方完婚？它们的新郎在什么地方？它们只是追着船飞，一直飞，一直飞，高高下下地飞，让人眼花缭乱。我画红蜻蜓，是先用朱砂勾一遍，再用胭脂勾，然后再用淡淡的朱砂罩一遍。我和白石老人不一样，白石老人的蜻蜓眼没那个亮点,我要有,有亮点才好看,才水灵。蜻蜓的眼睛其实不反光,但我喜欢让它亮,我喜欢让它有一双水灵的大眼睛。

中国画的蝴蝶和猫,如果画在一起,不用问,是画给老人家的,可以题"耄耋图";如果画一只喜鹊,再画一枝梅花,可以题"喜上梅梢"。而我画蜻蜓便不知道有什么意思在里边?画二三十年蜻蜓,二三十年都不知道画蜻蜓有什么意思在里边?如果画一只蜻蜓再画一只伯劳鸟,或者就可以题为"勤劳图",但伯劳鸟长什么样?不知道。北方有伯劳鸟吗?不知道。鄙人的一位老师叫李健之,他过生日,八十的整寿,我画一只老来红和大石头给他庆寿,上边是四个写得很不好的篆字"与石同寿"。健之老师看了说"我要蜻蜓",我说您要蜻蜓做什么?健之老师说,把蜻蜓画在上方,这叫"清高图"。

老师毕竟是老师,是为记。

师牛

写短篇小说《牛皮》的时候还住在"城下居",我家西边坡下的院子里便住一屠牛者,每天早上四点多的时候就能听到牛的哀号,牛马驴骡这种大动物是能知道自己的大限在什么时候的,大限到来之时亦会哀哀哭泣。牛的哀号尤其是令人听了难受,让人无法不情动于中。天亮后站在阳台上往那边看,一张牛皮已经贴在了那里。那些被屠杀掉的牛照例都是乡下服役多年老到再没力气给东家做事的老牛。有一阵子我不吃牛肉,是心有不忍。后来我搬离了那地方,从此耳根清净,但每每想起那种叫声还是会心生不忍。或者是看到早市卖牛肉的地方放一副牛蹄,而被斩下来的牛头便也在那里,这场面让人像是被电猛地击了一下,当下会一切心思都没有,只有赶快绕道走过。

李可染老先生的堂号是"师牛堂",这个堂号真是很好。

北方好像没有水牛，所能见到的大多是黄牛，老画师李可染所见可能也是以黄牛居多，但他笔下经常画的却是水牛。黄牛与水牛的区别主要在角上，黄牛的角短一些，且秃，即使长的尖角长大也无法和水牛的角相比，水牛的角很大，向后盘，商周时期的牛头佩我以为就是以水牛为雕刻对象，是盘盘大角。水牛之所以是水牛，是它喜欢去水里，一是觅食，会把头埋到水里去，在水底吃水草，这一景，在漓江每每能看到，当然在其他的什么江也一定能看到。一是它会浮在水里，如果天气十分热的话。李可染老先生的那幅《东风吹下红雨来》意境颇好，一头水牛，水牛背上趴一牧童，画的上方是一树红花。这幅画，黑是黑，红是红，干净利落。

吾乡大同的北魏墓壁画常见画有十分高大的牛，当时的人把牛叫作"巨辖"，如果鄙人没有记错的话。牛拉车是很稳的，北魏时期风行的是牛拉车，壁画上的达官贵人都坐牛车。出门办事，牛车可坐，但骑牛却是一件让人难受的事，得有一个好屁股。老子的本事不小，敢于骑牛入关，这本事一般人没有。如果碰到一头瘦牛，何止是没这本事，根本就是让人不敢。北魏的牛车很漂亮，有高畅的棚，棚之前后两头还各挑一块布帘，这布帘当然是有太阳可以遮太阳，下雨刮风可以放下来遮风避雨，人坐在里边想必安然。如果里边同时坐三四个人，比

/ 师牛 /

如是四个人吧，大可以打打麻将，但南北朝时期麻将可能还没有发明出来，或者喝喝酒也可以。牛的脾气一般来说要比马温顺，坐牛车大致不会有大颠簸，一如在风浪中坐船。但鄙人儿时见过一头因为打掌子而受惊沿街奔跑的牛，一时多少人躲避不及纷纷仆倒，好在没有伤到人。

近百年画坛，徐悲鸿画马，李可染画牛，像是无人能出其右。而古人的画牛高手却林林而立。我的朋友里边，鲁光先生喜欢画牛，作家厚圃的牛我以为画得亦是十分好，笔法墨法都有精彩在里边。牛角和牛蹄用焦墨，牛尾的一顿一提让人感觉运笔时的腕力。厚圃笔下的牛亦是水牛，我想有机会和他相商一回，请他画一回北方的老黄牛，或可趁此招他来北方一会儿，还可以借此喝几杯酒水。

午时记

午睡前照例要找一本书随便翻翻,顺手便拿到了一本讲琥珀的小册子,没有多少图片,文字也清浅。

说到琥珀,我父亲大人年轻时喜欢用琥珀雕刻各种小动物。那是近半个世纪前的事情,而现在的抚顺是既没有多少煤可挖,也没有多少琥珀可以拿出来示人。

而我喜欢琥珀倒不是因为我是抚顺元龙山的人,其缘由说来可笑,是因为从小吃那种鱼肝油丸,一粒一粒黄且透明而又颇不难看,这便是我喜欢琥珀的缘由。我之对于琥珀,是独喜那种原始的,里边多多少少要有裂纹,古董家术语叫做"苍蝇翅"的便是。

前不久,把一大块经常放在手里的琥珀不小心一下子摔做两半,一时怅惘了许久。忽然觉得那摔做两半的琥珀用来做章料正好,这便想起"植蒲仙馆"的主人谁堂来。谁堂不独篆刻精彩,菖蒲也养得极好。说到菖蒲,起码在北方是十分的难养,而文人的案头照例是应该有些绿意才好。陈从周先生主张到处可以种一种的"书带草",听名字就好,但却只宜养在园林的阶前砌下,案头养一盆却太显蓬勃。那种叫文竹的草,日本人喜欢,川端康成的一张老照片就显示他养了一小盆在书案上,远远看去确有几分云烟的意思,但一旦长起来其势却一发不可收拾,可以发展成藤蔓植物一样在屋里到处攀爬。而唯有那种金钱菖蒲和虎须菖蒲却顶顶合适养在案头,你想让它蓬蓬勃勃起来,比如你想让它长到大如车轮,那几乎是没有可能,它似乎永远只那碧绿的一窝。南国的画家陈彦舟养的菖蒲却分明太高大,放在茶桌边,猛看像是种了水稻在那里,却也与那茶案相当,坐在其侧喝茶,让人起"蒹葭苍苍,白露为霜,所谓伊人,在水一方"之思,是另一番意境。

读书人的书案,我以为一是要有一点绿意来养眼,二是还要有一块小小的供石。我以为这供石以灵璧为好,黑而亮或不黑而亮都好。我的嗜好是见了灵璧石就要买它一买,陆陆续续买了几十品,而入眼养心的却仅仅几块。其中一品小且玲珑,恰像一炷香点燃后袅袅而起的那股烟,便铭之为"一炷烟"。本可以取雅一点的名字如"轻云起"或"或如烟",但我宁可要它有踏实的品性。还有一品山子,猛看一如宋人玩过大名鼎鼎的那个研山,我的这个山子上居然也有两个小小的天池,储水在里边可经旬不涸。我们这地方把天池叫做"那",原是极为古老的一种叫法,比如宁武山上的天池,当地人便叫它"那"。而我给我这上边有两个小小天池的供石取名却叫了"十二朗",因为高高低低一共是十二峰。这名字让人觉得它与我的关系是石兄石弟,而且有古意,就鄙人的兴趣而言总觉得古意要比今意好一些。因为这十二郎的山子,我便给谁堂去信要了菖蒲。谁堂让人用竹筒寄来,打开来不免让人惊喜,邮路迢迢,居然还是一窝的绿。谁堂养菖蒲在国内是出了名的,榍其馆曰"植蒲仙馆",他的各种养盆里,最好的是那方古砖琢成的盆。若有人问,喜欢菖蒲与供石,其趣味在哪里?这不太好解答,就像你问热爱法国红酒的朋友红酒的趣味在哪里?相信他一定答不好。

六月是插荷花的时候,街市上没有荷花卖,却有莲蓬,而一律又被掐掉了那长长的梗子,无法做瓶插。太嫩的莲蓬其实也没有什么吃头,一剥一股水。今年有个计划,就是要去谁堂那里看看他的菖蒲,再读读他的印谱。印谱原是读的吗?以我的经验是大有读头,若读得进去,小说又算什么?

甲午夏至日记。

山上的鱼

竹笠兄：

　　上个星期天到山里去吃请。山里人结婚请吃饭，照例是叫做"吃请"。因为远，要坐了车一大早就去。因为山路不好走，又太远，如果时间宽裕，一般都是头天去，在山上先住一晚，晚上可以看大星星。这次去山里吃请，别人都劝我不要去，捎一点礼钱就是，但我却想起了和你一起在山里看到的那斗大的星星，便执意去了。进了山，想不到天却阴下来，"行行重行行"地到了目的地。左盘右盘右盘左盘，不知走了有多少的山路，到了地方，已是中午，是一进门便坐到炕上老和尚盘腿样坐下。在山里，一般的吃饭就是吃饭，而结婚办事的吃饭却必叫"坐席"。刚坐下，天便开始下起雨来。淋淋的，也只能用"淋淋"这两个字，也没什么风，雨是直接从天上垂下来，坐在屋里看窗外檐头的雨，倒也好看，竟有古意。这样的雨，在城里是十分少见了。屋顶上的瓦垅，一垅一垅地把从天上滴落的雨都收集了一下，便像搓绳子一样把那雨水搓得粗了起来，亮亮的一根一根从瓦垅直挂下来，雨绳子落到地上是砰然有声。因为厨房在外边，每上一道菜都是被人打着伞缩着身子快步端进来，亦是好看，我一时在窗里看窗外满眼都是新鲜。桌上的长者行起酒来时，菜已上到一半，多是牛肉猪肉羊肉鸡肉，绿色蔬菜一概很少。而后来我才注意到最早上来的是一盘鱼，端然放在桌子正中却没人去动。很大的一条鱼，浇了汤汁，上边撒些胡萝卜丝和芫荽叶，亦是好看。我便伸筷子去夹它一夹，却十分地硬，旁边的人都笑起来。说那鱼是不能吃的，那是看盘，鱼是用木头做的，放在那里原只是用眼睛看。北方的山里，据说有人一辈子都没有见过鱼，"看盘"这两个字真是够古老，宋人孟元老《东京梦华录》里便有记载，想必你知道。

  上山吃请而看到摆在那里只能看而不能吃的鱼，这原也能向你报道吗？这几百个字虽不是什么正经文章却也要给它个结尾，那就是我非要看它一看。撤席之后东家也真让我看了看，却果真是木头雕的鱼，且有须，而且在摆尾，做跳龙门状，只是年月既久，这木头鱼早被油汁浸透，更像是古董。虽说这鱼

/ 山上的鱼 /

不能吃,山里人家无论谁家办事都要把它取出一用,且有一说,叫做"富富有余"。

我却只叫它"山上的鱼"。

用手机把这几百个字发给你看,像是有古意在里边,你只当作在看线装本。

枪毙冰箱

　　画家于水先生曾经写过一篇题目为《枪毙猪头肉》的小文，小文之主旨是申讨猪头肉。猪头肉有什么好申讨的呢？一只猪，据美食专家们说，最好吃的部位就是猪头，而猪头上最好吃的地方又是猪的拱嘴。北方人把猪的拱嘴叫做"猪掀子"，不知是不是这个"掀"字，想必也不会错。猪在地里或其他什么地方找东西吃，主要是靠嘴掀来掀去。猪虽然长有前后肢，却没人见过它在寻找食物的时候会动用前肢。好像是，一切活动，猪都要靠它们的嘴，嗅着，拱着，拱着，嗅着，要找的东西就到嘴了。据说在松林里找松露的人就是靠猪来找，松露贵比黄金，生长在地下很深的地方，但猪有这个嗅觉，拱一拱，闻一闻，有了，就在下边，那不是松露，而是金子。辛苦的是猪，但金子归主人。

枪毙冰箱

于水说要枪毙猪头肉，其实也是在宣传猪头肉的好吃，是对猪头肉又爱又恨。因为其好吃，终于把朱新建给吃到了另一个世界。还有一位爱吃猪头肉的画家，就是大名鼎鼎的吃货——津门画家李津，此人且喝得好高度烧酒。他对美食的态度是，好吃当前，且不管性命如何。看他吃肉喝酒真是令人心生喜欢。人生在世，吃可以说是第一重要的事，是天地间第一大文章。

作为中国百姓，其实现在谁的手里也不会有枪。说枪毙这个，枪毙那个都是开玩笑。虽是开玩笑，但却没有人说枪毙老爸老妈的。于水说枪毙猪头肉，我说要枪毙冰箱，可见情绪还在里边。就说冰箱吧，仔细想想，可真不能算是什么好东西。有时候，冰箱简直就要变成厕所了，吃剩下的什么，不舍得扔，就都给塞到冰箱里；买回什么，怕放在别的地方会坏掉也都给一股脑儿塞进那个地方。就这么年长日久地塞来塞去，就是最勤快的女主人也会忘了里边究竟都有些什么。到了要吃的时候再去翻，往往会大发感慨。虽然已经是炎炎夏日，而年初过春节的东西还在冰箱里冻着。再过一阵子，又去翻，可能天已经都冷了，外边也许都在飘雪花了，好家伙，女主人不免又一声惊呼，发现了什么，当然不会有钻石和黄金，有的只会是在冰箱里放了快一年的陈旧食品，这么一袋，那么一袋，你压我我压你地堆在冰箱里。因为有了这个冰箱,你上顿下顿注定只能吃陈旧过时的东西,新的放进去,旧的倒腾出来再送到肚子里,所以我要大喝一声:枪毙冰箱!

这也真是让人怀念当年没有冰箱的日子,也不照样过下来了吗?几千年都这么迢迢然过下来了。大不了到了天最热的时候到冰窖里去取冰。

冰箱的广泛使用,重新激活了人们动物性的一面,那就是拼命地储存食物,一般人又都觉得食物放在冰箱里就坏不了,所以是能多放多少就尽量放多少,而结果就是你总是在吃陈旧的食品,把自己变成了垃圾站。

所以我说:枪毙冰箱!

世间有真味

萝卜热茶帖

现在想想，母亲大人从我记事起就一天到晚好像总是在那里忙，而消闲的时候也有，那就是坐在那里静静地看一本书，而这消闲的时候看看书后来也像是没有了。我的母亲，我几乎记不起她坐在那里吃东西，比如吃水果，即至连她吃饭的样子现在也像是记不起了。我们家的规矩是，女人是从来都不上桌的，这种习惯后来也消失掉了，家中的女人和男人们现在都一起上桌吃饭夹菜。从记事起，我的父亲吃饭总是在另一张桌子上，是从来都不与我们同桌，母亲会给他另外炒一两个菜让他坐在那里喝酒。碰到父亲的兴致高，他也会自己给自己做一两个小菜，比如用那种娇黄的大白菜心切细丝拌海蜇丝，海蜇丝只需在开水里略微一焯，这样吃起来才爽脆，这真是一道下酒的好菜。父亲喝酒是从早上到晚上，有时候家里来了客人，这个酒会喝到后半夜。父亲从来都不喝冷酒,所以家里总是弥漫着高度白酒被烫热后散发出来的那种味道。好闻不好闻?我认为真是好闻。好的高度白酒一经开水烫过,入口可真是一种温热的熨帖。

母亲是惜物的。比如吃芹菜,那芹菜根照例不会一下子被扔掉,母亲会把它栽在盆子里,这时候总是冬天,盆子里的芹菜根过些日子就会长出新嫩的叶子来而且渐渐长高。再比如,母亲切那种外绿内赤的心里美萝卜,照例会把萝卜顶子留下来,把它用一个碗养起来,碗里也只有清水,这清水里的萝卜顶子照例也是放在南边的窗台上,不知过了多久,萝卜顶子已经抽出了花挺,居然开花了。母亲切长白菜,那时候一入冬家家户户都会储存不少大长白菜,母亲照例也会把白菜的顶子留下来,也是找一个碗用清水养着,放在南窗能见到太阳的地方,冬天里的白菜花可真是娇黄好看。

那一年,人们忽然不让叫那种心里美萝卜叫"心里美",那应该叫什么呢?我问母亲,母亲犹豫了一下,说:"就叫萝卜,那就叫萝卜。"心里美萝卜真是好看,一刀切开里边便是满满的浓胭脂,绿皮儿浓胭脂。论颜色,心里美萝卜要比沙窝萝卜好看,正经的沙窝萝卜是从里到外的绿,如果心里不绿就不是正经的沙窝萝卜。

心里美萝卜和沙窝萝卜可以说是水果，我个人认为最好是拿来生吃。切一盘放在那里，没事拿一片嚼嚼，再喝口热茶，外面正刮着老大的西北风，呼啸着，像一群老虎在呼啸而过，或者还下着很密的大雪。在这样的冬天里，能够在屋子里一边喝热茶一边吃萝卜真是件幸福的事。

焖葱记

我们家做菜永远离不开的三样东西是葱姜蒜，我想别人家也是，离了葱姜蒜我想许多主妇们都不会下厨做饭。

每年秋天一到，家家户户都会出去把大量的葱买回来，一大捆，又一大捆，不够，再来一大捆。买来的葱要放在太阳地里晾一晾，然后再把它打成一小把儿，一小把儿。这一把儿一把儿的葱也要再打成一大捆一大捆，然后把它们放到房顶上去。这些葱要一直吃到来年的春天。春天一到，去年的葱也就吃得差不多了，人们会把吃剩下的干巴葱栽到盆子里。这种看上去貌似干巴的葱过几天便会长出娇黄的葱叶来，短短的，壮壮的，人们把这种葱叫做"羊角葱"，因为它酷似羊角，那种小小的羊角。以这种羊角葱炒鸡蛋可真是香，是春天的味道。羊角葱一过，小葱就下来了，我总觉得小葱没大葱好吃，但拌豆腐要用这种小葱，上海的葱油拌面好像也是要用这种小葱。虽然都是葱，但有的菜只能放大葱，而有的菜非小葱不可。吃山东煎饼，小葱就不如大葱，但吃北京烤鸭却只能是小葱，你非用大葱别人也不会有什么意见，但味道上有那么点不对劲。吃烤鸭用的那种小葱切成一大截一大截的才好，用小葱先蘸酱，再放上几片烤鸭，再那么一卷，有一种仪式感。吃烤鸭你千万别要什么黄瓜条和胡萝卜丝，不好。山东煎饼要卷的也是大葱，很粗的那种大葱，最好是章丘的，去头去尾一整根，千万别切，整根地卷，一张煎饼卷一根葱，很刺激。吃完这个你千万别去开会或去人多的地方，和女朋友约会也不宜。

　　章丘的大葱有点大得吓人，光葱白就接近一米长，不知道它们是怎么在地里长的？这种葱可以用来做鲁菜的"葱烧海参"。我每到北京的"丰泽园"吃饭，必要点的一个菜就是"葱烧海参"，这是他们的看家菜。一盘"葱烧海参"上来会马上被吃光。会吃的人会先下筷子夹那个葱，不会吃的肯定是一下筷子就夹那个海参。其实"丰泽园"的"葱烧海参"里边的葱要比海参好吃。

　　人们做菜离不开葱姜蒜，一般都是用来当佐料，但葱和姜也可以用来独挑大梁做菜。新嫩的姜刚下来，切细丝，可以与肉丝同炒。这个菜不赖，喝酒吃米饭都不错。姜丝要多放些，最好是肉丝的两倍。而章丘大葱的精彩在于它可以用来做一道"焖葱"，汪曾祺先生写文章说过"焖葱"这道菜的事，说某人最善于做这道菜，人人吃了都叫好。其实这是一道鲁菜，我在东营吃过这道菜，真是好。用大个儿的海米，过油焙透了，大葱一定要切一指长的葱段，放在油锅里煸，一边煸一边用铲子压它，待葱段煸软煸黄再往里边倒一点上好的酱油，这个菜还要再加一点水，水"刺啦"一声倒进去，就势把锅盖盖上，让它焖一小会儿。这个菜可真是好吃，好像是大葱也只能做这么一道独挑大梁的菜。

　　大葱下来的时候，我总是要做几回"焖葱"给自己过瘾。这个菜喝酒可以，吃米饭可以，就大馒头也可以，就烙饼也不算离谱，但就是不宜吃面条。山西人可是爱吃面条的，两天不吃面条就不行，所以在山西你吃不到这道菜。

雪菜帖

今天是立冬,在民间算是大节气。冬天的节气里边,立冬和冬至都应该算是大节气。在鄮乡,但凡碰到大节气在吃喝上都有讲究,而小节小气则似乎没有,随便吃点什么都可以。

在我们这地方,立冬这一天,但凡乡下城里都要吃饺子,而冬至那天也照例是饺子。饺子的好在于它有喜气,不像其他饮食菜饭,喜事吃得,白事也照样吃得,而唯有饺子,只是喜事才有,白事不见有吃饺子的事,所以从小我便对饺子怀有十分的好意。饺子的好其实是在于它应该算是饭菜集于一身,吃完饺子再来一碗饺子汤便更算是干的稀的都齐全了。

立冬日这一天,因为节气的关系,在北方,此刻过冬要用的腌菜大多都已经腌好。腌菜的时候家里的大缸小瓮都会派上用场,不但是人家要腌菜,机关里的食堂也要腌,而且一腌就是几大缸,都放在凉房里。到了立冬这一天,新腌的腌菜也大多已经能吃,而说到腌菜,大多是刚刚腌好的那种最好吃。即如周作人所言:"在上海的乡友牛君旧年底写信来,内有一节云:'新腌腌菜,卤水淘饭,四岁小儿亦欢喜之,可见其鲜,如能加几只开洋,一定更好,可惜开洋贵得很,瑶柱要十六万一斤,越加买不起了。'我们家里在冬季也腌了些菜,预备等到夏天吃,'臭腌菜'名臭而实香,生熟都好吃,可是经牛君一提,便忍不住先蒸了一碗,而且搁了些开洋。北京的白菜本来是好的,所以要比乡下的似乎更好。"因为这篇小文,我以为周作人先生和我一样也是"腌菜党"。绍兴的"臭三样"我是喜欢的,与国祥兄每次去北京贵州大厦马路对过儿的"咸亨酒店"我都会点一个绍兴的"臭三样"慢慢下酒。这个虽臭而实香的小菜连河南籍的庆邦也喜欢,山东人的云雷也喜欢,这个菜一上桌他们都会连连地下筷子。

今天是立冬日,按理说是应该包一顿饺子吃,而且最好是用刚刚腌好的雪菜做馅子才好,但只可惜今年"疫情连三月,雪菜抵万金"。因为鄙人关门闭户地被关在家里已经一个多月,早已经错过了腌雪菜的时候,所以今年的立冬是吃不上雪菜猪肉的饺子。因为吃不上雪菜馅儿的饺子,所以忽然就很怀念雪菜。雪菜在中国可以算是人们在冬季都离不开的"大菜",说它是"大菜"是因为从南到北、从东到西人们都喜爱吃它，而且雪菜是到处都有，概不分南方北方，不像竹子和梅花，也不像是香蕉和枇杷只是南方的产物。再说到雪菜，如果没有猪肉，用新腌过的雪菜和豆腐做馅子包的饺子也十分好吃。这种雪菜豆腐馅儿的饺子鄙人曾经在寺院里多次吃过，真是好，但不知道今天寺院里的僧众们能不能吃上这种饺子。

是为记。

黄豆帖

小时候我只认识三种豆子，黄豆、黑豆再加上大豆。我们那地方把蚕豆统之为大豆，为什么？因为它粒大，豆类里论个头蚕豆应该是最大，所以才叫大豆。我对南方的朋友们说"大豆"他们不懂，一说蚕豆他们就清楚了。

春末夏初，青蚕豆一上市，我最喜欢用它来炒牛肉末，以之下米饭不错。我现在咬不动那种铁蚕豆了，太硬。那种煮半熟，然后再用细沙子炒的酥蚕豆还差不多。还有就是用油炸的那种莲花豆。我们那地方有个小县叫"浑源"，紧靠着北岳恒山，这地方出一种油炸大豆，炸的时候已经全部去了皮，很好吃，很合适用它来喝二两。这和莲花豆不一样，莲花豆是带皮，炸之前先用水泡开，再用小刀一粒一粒地拉十字，这样一经油炸才会裂开，就跟莲花似的，所以叫莲花豆。这种莲花豆北京有，天津也有，好像南方很多地方也都有，不怎么稀罕。但我以为炸莲花豆太费事，因为一颗一颗地都要用小刀拉那么一下子，多麻烦。

蚕豆其实最好吃的是那种烂乎五香豆，煮得简直是稀巴烂，但好在它还是一颗一颗，吃起来很香很面，有那么一点五香味和盐味，可以带皮吃。卖五香豆的总是推着一个自行车，车上是一个深盆子，盆子上蒙着一个小棉被，他是一边走一边喊，走走停停，因为不停地有人过来买。五香烂乎豆都是现买现吃，很好吃。

蚕豆虽有各种的吃法但就是不能做豆腐，我没听过有谁用它来做豆腐，没有。说到做豆腐，就离不开黄豆和黑豆，在我们那地方黑豆豆腐要比黄豆豆腐贵不少，黄豆豆腐两元钱一块儿，黑豆就得两块五。为什么？据说黑豆的营养成分更高一些。大骡子大马，如果连着喂几天黑豆，你看它那毛，很快就会变得又黑又亮，跟缎子似的。缎子和绸子的区分现在的人们好像已经弄不明白了，缎子是又亮又光滑又挺括，绸子是软，不那么挺，你用手摸绸子，手有时候就会被挂住，但你用手摸缎子就不会。再好的绸子，穿着日久就会变得窝窝囊囊，缎子就不会，穿到后来还是那么挺括。黑豆据说还可以乌发，但怎么乌我不知道，是煮一锅黑豆水用来洗头发还是怎么弄？真不

/ 黄豆帖 /

明白。我总觉得这是人们在瞎说,中国人总是认为吃什么补什么?那年我们在内蒙古吃了一晚上的羊蛋,都说这东西是大补,一时间,不知道哪来的那么多羊蛋,叫羊蛋好像不太好听,文明点的叫法是叫龙卵,总之是吃了不少,晚上却连一点动静都没有,早上起来一伙子人一边刷牙一边嘻嘻哈哈都说什么动静都没有。相信黑豆能让头发变黑也是胡说,还有一说是黑芝麻丸可以乌发,我吃了不少,哪有这事,但黑芝麻丸味道不错,没事吃几颗挺过瘾,味道跟芝麻酱差不多。

豆类的品种很多,居家过日子一般都离不开绿豆和黄豆。绿豆用来生豆芽,黄豆也用来生豆芽。这两种豆子不怕开水烫,生豆芽的时候还就是要用滚开的水来烫它,把豆子放在盆里,然后往里边倒开水,一边倒一边快速地搅,心里会想它怎么就不怕烫?怎么就不怕烫?但它就是不怕烫。没过几天盆里的豆子就努了嘴儿,再过几天,豆芽就有一寸多长了。我个人是比较爱吃黄豆芽,当然绿豆芽也不错,但我总是炒不好。炒绿豆芽得有技术,豆芽炒熟了,但还要一根一根都挺着,胖乎乎的。

黄豆可以做一种最简单的菜,虽然简单却十分下饭。那就是把黄豆放锅里炒,哗啦哗啦炒熟了,再往里边撒把细盐,把盐撒进去再炒两铲子,然后再往放了盐炒好了的黄豆里边"呲啦"一声倒些水,不要多倒,少倒点,然后再把水炒干,其实那水都进到黄豆里边去了。这居然也算是一道菜,东北人的饭桌上经常能见到这种盐豆,但你去饭店吃饭却永远点不到这道菜,所以,这又好像不能说它是一道菜,但盐豆确实很好吃很香。虽然很香很好吃,但老头老太太看了会眼气,他们没这个牙口。

梅干菜帖

梅干菜和咸菜是两回事但又是一回事。梅干菜是南方特有的一种干菜，叫它干菜好像没问题，但叫它咸菜也好像不怎么离谱，因为梅干菜一般都是咸的。也有一种梅干菜是淡的，南方人把不咸叫做"淡"，淡的梅干菜几乎连一点咸味都没有，我不知道这种梅干菜是怎么做的。没用一点点盐，难道它就不坏？我认为淡的梅干菜不好吃，没咸的那种味道好。

南方起码好像有几个省，生活中像是永远离不开梅干菜。

我个人比较喜欢梅干菜包子和梅干菜粽子。在北方，概无梅干菜这一说，因为北方人不懂得做梅干菜。有人说梅干菜之所以叫梅干菜是因为和广东的梅县分不开，我以为此话未必对。梅干菜在南方分布极为广泛，江浙一带吃饭根本就离不开梅干菜。虽然是这样，但我以为梅干菜还是要数广东梅县的好。快递买来，打开包裹，那么一把一把的，不特别干，还有相当的水分在里边，放鼻子跟前闻一闻，可真是香。我个人吃过不少地方的梅干菜，但吃来吃去觉着还要数梅县的梅干菜味道好。梅县的梅干菜用芥菜做，别的地方有用大白菜做的，也有用油菜做的，当然还有一种看上去更加高级的梅干菜是笋丝所为。笋丝梅干菜我以为是一种民间的方便食品，吃面的时候放一点在面里，再用朱漆筷子挑那么一朵雪白的猪油，这碗面味道不错。笋丝的梅干菜不用泡发，最多用水冲一下，这样感觉放心一些。

  我们长这么大，有些东西小时候未必吃过，随着年岁渐长，随着南下北上，什么好吃什么不好吃，自己喜欢吃什么或者不喜欢吃什么便会渐渐明了。一个人如果连自己喜欢吃什么都不知道可谓糊涂到家，我看世上根本就不会有这种人。我个人来说说我个人，我就很清楚我喜欢吃什么。一是包子。如果是包子，最好的是冬菜馅儿的那种，而且包这个包子最好是用天津卫的冬菜，世界之大，好像到处有冬菜，但天津卫的冬菜是第一。然后就是梅干菜包子，我在温州街边小店里吃过一回梅干菜的包子，一气吃了五个，很大个儿的那种发面包子，这种包子在南方不多见，其味道之好至今不敢忘怀。

  朋友们一说起温州，我就总是忘不了这个梅干菜包子，另外忘不掉的就是哲贵。哲贵的酒量真是好，如果让他用酒去内蒙古地界上征战，估计他不会败给蒙古人。哲贵喝酒真是大气爽然，哲贵喜欢围一个很小的围脖，在脖子下打一个结，颇是好看。

我喜欢吃的另一种吃食就是饺子。东北人就没有不喜欢吃饺子的，东北人年夜饭的传统是只吃饺子。简单至极，是简单至极而其味才得以突出。只此一点，我以为东北人是善于吃饺子的。如果动不动就先上一大堆菜，随后再上饺子，饺子的味道就会被打折扣。我们东北人把这种吃法叫做吃"光屁股饺子"，好不好，很好。说到饺子以吃什么馅儿的最好，我以为是茴香第一，芹菜第二，韭菜第三。有人吃过梅干菜饺子没，我是没听说过。

用梅干菜烙的饼叫"咸菜饼"，起码江浙一带是这么个叫法。这个咸菜饼里边还可以放一点肉，但我以为不放肉最好，只吃梅干菜的那种特殊的香。梅干菜的香味儿怎么个特殊？怎么个不一般？我真还是说不来，你去吃就行。梅干菜饼我现在会做，而且做得不错。最好是烫面，滚开的水，把面烫好，稍晾一晾，然后和好，然后放在案板上去擀，最好能擀多薄就擀多薄，然后把油抹在擀好的面上，最好用新炼的猪板油，那才叫香，然后再把泡好切碎的梅干菜洒上去，最好多放点，然后做剂子，擀开烙。这个饼最好要一边烙一边趁热吃，盐要后加，可以用个胡椒盐棰子往刚烙好的饼上拧几拧，这样吃味道才会更好，味觉层次才更多。

梅干菜还可以做梅干菜肉，用新鲜的梅干菜把切好的一条一条生的五花肉缠好，缠得紧紧的，然后放起来，据我的朋友作家丁国祥说是最好把这样缠好的梅干菜与肉放在谷仓里用稻谷埋起来，什么时候吃再取出来。这个肉据说很香，但我没资格去说它，因为至今没人请我吃过。是为记。

虾皮帖

小时候画虾。那时候已经吃过虾,当然不是很大个的对虾,是很小的那种河虾,用面粉加鸡蛋团成一个一个的圆球下油锅煎,味道还不错。那时候家里经常吃的是虾皮,母亲是东北人,把虾皮叫做毛虾。毛虾买来要打开纸包晾一晾,我就去里边找大个的虾,有螯子的那种,有时候会找到几个,不吃,放在那里看。家里那时经常吃的一道菜是虾米皮熬白菜豆腐。虾皮最好用干到的那种,用油先把干的虾皮炸一下。虾皮这东西很怪,用油一炸才香,如果不炸是另一个味儿,不干的虾皮总有一股子腥味,炸也不会香。虾皮用油炸过然后再放汤放白菜,豆腐要晚点放,这道汤菜一直是我爱吃的,是既有汤又有菜,最宜下米饭。冬天的午饭有这两样其实就够了。或者就是白水烫豆腐,把豆腐切块放开水锅里烫透了,然后蘸好酱油吃,酱油里如果能加一点绿芥末会更好,绿芥末不妨多放一点,很刺激。这道菜最简单,三五分钟唾手可得。有时候读书写东西饿了,这时候差不多又都是半夜或后半夜,我便会给自己来一个开水豆腐,我把它叫做开水豆腐。下楼,去厨房用小锅把水烧开,把豆腐放进去,只须一小会儿功夫,热豆腐的时候可以给自己找小碗倒一点酱油放一点绿芥末。热豆腐蘸这个,挺好,比来几块小点心加一杯牛奶都好。我家常年都备有虾皮,好的鲜虾皮白吃也很好,用以下酒也不错,但一般都是放干了做汤菜吃,或者是包素包子里边会放一点。我们家素包子的馅儿常年不变的内容是粉丝、地皮菜、再来一点山药泥,干虾皮用油先炸一下,以去其腥,然后和其他几样拌合在一起。这也是山西的素包子,也不能说是全素,因为有虾米皮,我在寺院里吃这个包子,里边也有虾皮,我就问寺院里的长老,这是素的吗?长老是我的老朋友,他说你说好吃不好吃?出家人的智慧在于他们在谈话中善于打岔,《五灯会元》里边有不少这方面的例子,没事读读《五灯会元》很有意思,我以为时下的那些外交家可以把《五灯会元》找来学习学习,这可以让他们说话不那么笨。

  小时候我在那里画虾,父亲在旁边看得不耐烦,说虾可

/ 虾皮帖 /

不是这么长的,遂坐下来画给我看,虾的身子是几节几节地讲给我听。这一晃已经多少年过去,但想一想就像是昨天,年轻的父亲坐在那里用笔在画一只虾,示范给他的儿子。

兔头帖

我现在不吃兔头,但想说说兔头。

有的朋友从外边来了,说到大同的兔头,都想去吃吃,我就带他们去。他们吃,每人的手上戴一双塑料手套,就那么剥来剥去。我看着他们吃,我不吃,我不吃兔头已经有年头。小时候家里煮兔头,一煮就是一大锅,重用大料花椒,那个味儿,真是很冲,从锅里煮出的味道早已经不是大料和花椒,鬼才知道那是什么味道,我一闻就知道那是在煮兔头。我已经去世的那个哥哥,我的二哥,我小的时候他已经工作,在外贸局工作。我现在都不清楚外贸局跟兔头有什么关系,但我的二哥会经常把兔头买回来,动辄一箱,他们叫"一件"。所以家里经常就是一煮一锅,兔头没见过煮两个三个,那怎么煮?没法煮,兔头是一煮就一大锅。我很怕

/ 兔头帖 /

闻那种味道，也很怕看那个锅，只觉得是一锅的兔眼睛都在盯着我看。我不吃兔头，可父亲却吃得很香，以之下酒，老白干，很烈的那种，倒在杯里杀眼睛的那种高粱白。父亲喝酒喜欢热着喝，一个大搪瓷缸子，里边坐着上大下也大中间有个小细脖儿的酒嗉子，我们都叫它酒嗉子，用这东西热酒，酒喝完，小酒杯正好放在酒嗉子的嘴上，就跟一个盖儿似的，大小居然是那么合适，我认为从古时传下来的各种器物里边，这种酒嗉子和这种小碗形的小酒杯真是相配，那酒杯喝酒的时候是个酒杯，喝完了酒把它往酒嗉子的嘴儿上一放，严严实实，可不就是一个盖儿。家里一煮兔头，父亲就总是兴冲冲地在那里喝酒，招上他的好朋友，那个山东人，大鼻子山东人，他们一起喝，盘腿坐在炕上。那时候家里还是炕，到了冬天一烧炕，炕真是热，坐久了有点烫屁股。父亲就和他的朋友坐在炕上喝酒，一边剥兔头，兔头上有三大块儿肉，两腮上两块儿，舌头算一块儿，这三块儿肉最大。有人还吃兔眼睛，这个让人有点害怕。吃兔头喝酒——好像兔头也只能用来下酒，吃米饭像是不行，吃米饭的时候来个兔头到底行不行？这肯定没人反对，但我从没见过吃米饭就兔头的。吃兔头也就是剥剥剥，不停地剥，把兔头上的肉都剥光吃尽，然后是往出砸兔头上的那个脑子。最难看的饭桌应该一是吃螃蟹二是吃兔头，桌上那个乱，看看那个乱，满桌子的碎蟹壳碎骨头。我不吃兔头，也不会请人们来家吃兔头，你想吃，我也不给你上，如果我请客的话，在饭店，我也不会上，别人请客我管不着，我请客一定是不会上兔头。家里那时候有个很大的铁锅，因为使这口锅煮兔头，就让我很厌恶。这口锅还做另一件事，就是母亲有时候用它来染衣物，衣服穿旧了，母亲会把它再染一染。从百货店里买来那种专门用来染衣服的染料，我们这地方民间把各种染料统统叫做"胭脂"，比如，染被面，紫的，我家弟兄姐妹们晚上盖的被子都是紫色的。我们小时候睡觉盖被子根本就不要褥子，一张大被子对折一下，下边就是褥子，上边就是被子，这样的盖被子法很好，用身体压住被子的另一边，人就整个被裹在被子里了，真是暖和。我家的被子为什么都是紫的？这我不知道。有时候母亲会染蓝的东西，这一般是用来染衣服，染衣服就要放在锅里煮，水开了，"咕嘟咕嘟"，衣服就在锅里被煮着，那味道可真不好闻，是染料的味道。如果这口大锅染过东西，那味道会很长时间出现在饭菜里边，如果煮过兔头，那味道就也在饭菜里边，小时候我真怕这个。一看到母亲在锅里染东西，一看到母亲在锅里煮兔头，我就会大声喊妈，"妈~"，母亲在一旁搭腔了，"知道了，知道了。"

/ 兔头帖 /

但照样继续煮,照样继续染。

我不吃兔头,但我一直以为只有我们这个地方才吃兔头。及至到了四川,看到那里的"麻辣兔头",我的头好一阵子晕。他们让我尝尝,我给自己要了一碗钟水饺,端出去吃,东北人就没有不喜欢水饺的。你们吃兔头,我吃水饺。

吃螃蟹

白石老人画螃蟹，用笔真是精准，感觉真是好。老人作画素喜薄纸，而唯画螃蟹却用另一种纸，一笔下去，再接一笔，一笔下去，再接一笔，螃蟹的八条腿皆动。吴作人先生也喜欢用这种纸，画金鱼画骆驼，用墨行笔，笔路极是清楚。白石老人笔下的螃蟹与虾，直到今日无人能望其项背。说到螃蟹，家大人说乡下人打上灯笼去地里的高粱穗上捉，相信这是真实的生活，如果虚构，哪能知道螃蟹会爬到高粱穗子上去？螃蟹之味美，在其蟹黄和蟹膏。时下酒肆饭庄，喜用咸蛋黄替代蟹黄，"蟹黄豆腐"也只好叫做"咸鸭蛋豆腐"，只是颜色仿佛而已。海蟹比之河蟹，味道相去甚远，吃海蟹如没有工具非好牙口不行。海蟹是硬盔硬甲，下锅之前如不处理，是给食客出难题。河蟹壳软，容易对付。但一桌十人，每人两只螃蟹，顷刻

/ 吃螃蟹 /

之间，满桌狼籍，且不说食客的嘴上手上，服务员忙不迭地递纸巾，一时间，桌上地下白花花一片。请客吃螃蟹，麻烦不少，剔剔剥剥，还耽误说话。所以想吃螃蟹最好回家，热两三斤老绍兴酒，足可细吹细打。自己家自己做主，只管把细功夫放开慢慢来，学学上海人，半天时日只在一只螃蟹身上。

家父吃蟹只吃蟹黄和蟹膏，腿和螯上的肉向来不动，嫌麻烦，这便是东北人。过去吃蟹不像现在的轰轰烈烈当做一件大事，水产多多，螃蟹算不上什么正经东西。大一点的上市，小一点的都做了虾酱，更多的是做了腌蟹，一般人还不愿吃。不像时下，普天下几乎所有的螃蟹都一齐叫了"阳澄大闸蟹"。过去家里吃蟹，动辄买一蒲包来。放大盆里洗，一时螃蟹乱爬，捉东捉西，好不热闹。煮熟上桌，随意劈剥，吃到后来，只可怜母亲一个人在那里辛劳。把吃剩下的蟹腿蟹螯细细拆开，把里边的肉再一点一点剔出来。隔天母亲便会用猪油把剔剥下来的螃蟹肉都放在里边滚几滚，然后连油带蟹肉都一起放在一个坛子里封存起来，日后吃面用。一碗面煮出来，放些酱油和葱花，再挑一些螃蟹油在里面，这碗面真是够鲜美。那年在杨春华家与周一清喝酒，杨春华在那里弄螃蟹，一时螃蟹大突围，争先恐后满地爬，杨春华好一阵子捉来捉去。周一清好酒量，后来又来了毛焰和苏童，直把我喝倒。杨春华的菜做得有手段，颜色与味道俱佳，有一道菜是油焖笋，味道之好，至今难忘。

  小时候猜谜，有一谜语是，"说它丑它真丑，骨头包在肉外头"，便是说蟹。对时事不满的画家画螃蟹，有愤然题"看你横行到几时"的。想想，恐怕螃蟹永远不会改变它的路数，八条腿一起挪动，它也只好那样横着来，再进化一万年，相信它也不会在天上飞。螃蟹好吃，但太麻烦。画家多爱画此物，但还要数白石老人手段好，只用墨色，腹白壳青。

说荠菜

去年承《钟山》的盛情去南京小住了几天,其间去看了赛珍珠的故居。说是故居也只是赛珍珠在里边住过,那幢小楼派做他用已近半个世纪,不知有多少人在里边出出进进、吃喝拉撒,现在把它重新修起来,实实在在不知道应该说是多少人的故居了。故居前边有赛珍珠的半身塑像,不免和她合影,合影的时候忽然想起读她的《大地》已是三十多年前的事。说来好笑,今天准备要写荠菜,却忽然从荠菜一下子想到了赛珍珠。也是因为那句俗谣:"三月三,荠菜花赛牡丹。"

荠菜实在是很好吃的野菜,在北京到了吃饭的钟点没事就专门找荠菜大馄饨。坐了作家丁国祥的车一路飞奔,他开车,我负责四处张望,到处找"上海老城隍庙小吃"店,因为只有这家店有荠菜大馄饨。荠菜大馄饨比一般的馄饨像是要大上两三倍，不是两边尖尖四川抄手的小模小样，而是像一个长长的小枕头。一碗上来，清汤里八九枚这样的馄饨，很好吃，馄饨里边自然碧绿碧绿的都是荠菜。我常无事一个人去吃，一碗这样的馄饨，再要两个角粽和一枚茶蛋，很好了。几次拉了丁国祥去吃，他也说好。还有就是大早晨赶去庆丰包子铺吃荠菜馅儿包子，庆丰包子铺忽然红了，之后便不再去了。说实话去吃庆丰包子也只是吃它的荠菜馅儿，因为别处没有荠菜馅儿包子。庆丰的包子皮太薄，但又不是小笼包子，这就让人不能满意，但现在想要找到那种发面大包子还不容易。馅儿好，皮儿也好的发面大包子，三个便会让你大腹便便起来，这样的包子只好在家里自己做了吃。我往往是在庆丰包子铺买五个荠菜包子，然后出门往右一拐进到"武圣羊汤店"再来一碗羊汤就着吃，这搭配对我来说是绝配。吃完这个早点，再一路朝南走，前面便是潘家园。

吃荠菜多年，却没怎么见过荠菜，因为不留意。那次在日照，路边有几个妇女在挑什么，每人挑了一小堆在那里，叶子碎叨叨的，一问，是荠菜。这便勾起吃荠菜的念头，居然在吃中午饭的时候吃到了一盘荠菜拌豆腐干儿，当然一律都切得碎叨叨的，味道却很清鲜。荠菜的味道很特殊，那一点点清香好像离你很远。

/ 说荠菜 /

农历三月三,把荠菜花放在灶台上,据说一年到头蚂蚁都不会往灶台上爬,用荠菜花煮鸡蛋有什么典故或说法鄙人是一向不知,鄙人是只问味道不问意义。再说荠菜,鄙人家阳台上的那个蜡梅盆里长了不少荠菜,此刻已经开花,虽然按农历推算还没有到三月三。

也说大肥肉

　　不久前去书店买到一本书，书名就叫做《肥肉》。现在人们不敢吃肥肉，一如行路之避虎狼，而肥肉实在应该是好吃的。而这本书的好还在于买一本便可得猪肉一块，那一张肉票就夹带在书里，而且可以得到的居然是进口的猪肉，且又是猪身上最好的部位，这真是让人欢喜之至，看书多年，买书也非一日，这样的事也只在今年碰到过这一次，让人不免有躬逢盛世之叹。只是在心里不免产生非分之想，如果再有这样的书出来，书名不妨就叫做《汽车》，但愿随书可得汽车一部，哪怕它是普天下皆是的夏利。

　　从小吃肉，最怕的就是吃肥肉，碗里或有一块两块，必定一一拣出，家大人不免要说上几句，但说归说，不吃还是归不吃。虽说不吃肥肉，而肥肉炼过油的油渣却真是美味。猪的肚

/ 也说大肥肉 /

子里的那两块板油是炼油渣最好的部位，炼到微黄，放到一边晾冷，入微盐，真是好吃。鄙人乡下的滋油饼，便是用这油渣来做。把油渣细细剁碎直接和到面里然后再放在铛里烙，烙好的饼只需往盘里轻轻一掷，饼便松散开，是十分的好吃。猪之肥肉，在鄙乡还有一种顶顶好吃的方法，便是用来做杏梅肉。鄙乡的杏脯极酸，而北京的杏脯却甜。这样的酸杏脯，用水泡软，只把它和肥肉一层一层码在碗里上笼蒸，其样子像极河南人推到街上卖的那种枣糕。蒸好，扣在朱漆大盘里，是十分的好吃。颜色也好看，肉做琥珀色，即使是不吃肥肉的人也会不停地下箸。这道菜也只有过年过节的时候吃得到。再说到点心，好的点心，比如北京稻香村的翻毛点心或其他的各种点心，大多都要以猪油来做才好吃，入口即化的那种感觉也只能是猪油做的点心才能让人领略得到。"功德林"的点心用素油来做，和稻香村的点心相比，一个天上一个地下。猪油有猪油的好。传统的黄米饭，据说是满清入关带进来的食品，人也吃得，祭祖敬神也用得，吃的时候就必用猪油和红糖来使之"澥"开，如不用猪油和糖把它澥一澥，这一碗饭就很难吃。

关于肥猪肉，我家兄长讲过一个让人害怕而又让人佩服的故事。只说两个人比武，是事先约好了，是双打，打一阵，其中的一个说今天就到此为止吧，古人的好就在于知进知退，一旦击鼓鸣金，再不死死纠缠，两人便都退下，第二天再继续打起来。奇怪的是其中的一个人是越打越勇，便有人跟随了他，看他有什么故事。这个故事的结束，是越打越勇的这个人每每打完回家便要生啖两大片猪肚子里的那两片板油。这故事是家兄小时候讲给我听，至今让人不忘。当时听这故事的时候心里真是觉得害怕，如果生啖白花花的两片猪板油才做得英雄，人活在世不做英雄的也好。

直至现在，家里厨下如果用肥猪肉炼油，我照例会吃那油渣，但要晾冷，再入微盐，还是好吃。

吃豆腐

研究俚语真是一件很有意思的事,我至今不明白上海一带为什么把喜欢占女人便宜叫做"吃豆腐",此话怎样的由来?恐怕上海的朋友也说不清楚。虽然说不清楚,但我个人,至今还是喜欢吃从厨房端到餐桌的那种豆腐。

豆腐无疑是中国人最伟大的发明之一,好吃,且容易消化,而且又极富营养。大病初愈,在饮食上这不行那也不行,来块豆腐,想必连最有经验和最负责任的大夫都不会有意见。

读丰子恺先生"缘缘堂"散文,其中有一篇写他的冬日生活,说他坐在火炉子边上,在炉子上坐一个锅,把水烧开,在水里热一块豆腐,豆腐热好后蘸酱油食之,而且还给围在身边的小儿女你夹一块我夹一块。丰子恺"缘缘堂"的日子过得真是朴素而滋味绵长,有老百姓"白菜豆腐"般的清平,豆腐是清平生活的必备之物。

我个人吃豆腐极喜欢吃豆腐的原味。比如香椿拌豆腐，这道菜之所以好是让你知道春天来了，再就是小葱拌豆腐。这两道菜无论出现在哪里，总是会受到普遍的欢迎。传统的镶豆腐我倒是不太喜欢，这道菜南北都有，做法大致差不多。豆腐切大块儿挖空，把肉馅儿塞到里边上笼蒸然后再下锅油煎，我不喜欢这道菜，是嫌其太繁琐。太繁琐的菜我都不太喜欢，比如那年在北京吃"红楼宴"，其中的那一道茄鲞，一个小碟，小碟里一小撮儿菜，两口不够，一口又多。味道好不好？完全不得要领。不得要领能让人说好吗？小说是小说，小说里写得津津有味的东西吃起来未必就一定好。后来在扬州又吃了一次"红楼宴"，场面真是好，红楼梦中十二钗一一出场，陪我们坐那一桌的是宝钗，好家伙，虽穿着古装，却是银盆大脸，不免让人有点心惊。菜一道一道地端上来，其中那道茄子做的茄鲞，依然是不见茄子的面目。好不好？真还不敢赞一个好字。我以为，饮食之道，最最要紧的是要吃其原味，你把鱼做成了虾的味道，或把虾做成了鱼的味道，我以为都是在无理取闹。豆腐就是豆腐，我们要吃的就是豆腐味。

读汪曾祺的散文，什么篇目记不清了，里边也说到豆腐。说某地的豆腐真是结实，你去买豆腐，好家伙，卖豆腐的可以

/ 吃豆腐 /

把豆腐挂在秤钩上秤给你！我没吃过这种豆腐，我以为豆腐还是要软嫩一些的好。鄙乡的豆腐软硬居中，卖豆腐的一般都会把豆腐养在水里。到河南，豆腐一般都放在屉子里，用湿布子苫着。要多大，当场给你用刀现切。豆腐中最嫩的应该是老豆腐。汉语真是不好学，往往给老外出难题，豆腐脑最嫩却偏偏叫它老豆腐！吃遍天下的豆腐，我以为日本豆腐最不好吃，嫩到像果冻，到饭店吃饭，谁点日本豆腐我反对谁！我还是喜欢吃我们中国豆腐，老浆和石膏点的都好，石膏点的有股子特殊味。因为喜欢豆腐，我有时候突然会想吃那么一点豆腐渣。豆腐渣到处都有，不必花钱，用一片圆白菜叶子托回来就是。做的时候猪油要多放，多多地放，这家伙吃油。葱花儿也要多放，最好是猛火大炒，好吃不好吃，吃到嘴里粗粗拉拉却别有滋味。让人起怀旧之情。

有一次吃饭，朋友们突然争论起来，争论先有豆腐还是先有豆腐干。这争论几近无聊，我向来不参加此种讨论。但豆腐干的好吃是不用争的。我的道理是之所以说豆腐干好，是它可以佐茶，一边喝茶一边吃，所以南方才有茶干。你用一碟子猪头肉佐茶可以不可以？可以吗？

莼菜之味

莼菜真是没什么味儿。要是硬努了鼻子去闻,像是有那么点清鲜之气;你就是不闻它,而是在水塘边站站,满鼻子也就是那么个味儿。

莼菜名气之大,与西晋时期的一位名叫张翰的人分不开,他宁肯不做官也要回去吃他的莼菜和鲈鱼,无形中给莼菜做了最好的宣传,这一宣传就长达近两千年。

莼菜是水生植物,只要是南方,有水的地方都可能有莼菜,没有,你也可以种。但要论品质之好坏,据说太湖的莼菜要比西湖的好,但我只吃过西湖的莼菜,没有比较,说不上好坏。

莼菜之好,我以为,不是给味觉准备的,而是给感觉准备的,这感觉也就是我们常说的口感。莼菜的特点是滑溜,滑滑

/ 莼菜之味 /

溜溜，让嘴巴觉得舒服，再配以好汤，难怪人们对莼菜的印象颇不恶。滑溜的东西一般都像是比较嫩，没等你怎么样，它已经滑到了你的嗓子眼里头。莼菜汤，首先是要有好汤，你若用一锅寡白水煮莼菜，你看看它还会不会好吃？莼菜根本就不能跟竹笋这样的东西相比。莼菜要上席面必须依赖好汤，它的娇贵又有几分像燕窝，没好汤就会丢人现眼。莼菜是时令性极强的东西，一过那个节令，叶子一旦老大，便不能再入馔，只好去喂猪。常见莼菜汤里的莼菜一片一片要比太平猴魁的叶子还大，这还有什么吃头！叶子上再挂了太多的淀粉，让人更加不舒服，这样的莼菜汤我是看也不看，很怕坏了对莼菜最初的印象。好的莼菜根本就不需要抓淀粉，它本身就有，莼菜的那点点妙趣就在那点点自身的黏滑之上。去饭店，要点就点莼菜羹，汤跟羹是不一样的。说到以莼菜入馔，那还要数杭州菜为第一。

以莼菜入馔，我以为也只能做汤菜。如果非要和别的东西搭配，与鱼肉搭配也可以，与鸡肉搭配也似乎能交代，但与猪肉、羊肉甚至牛肉相配就没听说过。莼菜好像不太能做炒菜，但也不是没有，杭州菜里就有一道"莼菜炒豆腐"，但必要勾薄芡。一盘这样的炒菜端上来，要紧着吃，一旦那点点薄芡懈开了，稀汤晃水连看相都没得有。这道菜实际上离汤也远不到哪里去，而这道菜里的豆腐我以为最好用日本豆腐，日本豆腐细嫩，正好用来配莼菜。

老北京酱菜中有一品是"酱银苗"，现在可能已经没有了，我去了几次六必居，他们是听都没听说过。汪曾祺先生对饮食一向比较留意，他曾经在谈吃的文章中发过一问，问"酱银苗"为何物。汪先生也没吃过"酱银苗"。我后来偶然翻到有关银苗菜的资料，明人吕毖所著《明宫史》所载："六月，皇史宬古今通集库晒晾，吃过水面，外象赴宣武门外洗。初伏、中伏、末伏日亦吃过水面，吃银苗菜，即藕之新嫩秧也。"我给汪先生写了一信。

在北京的民间，现在还有没有人吃藕之新嫩秧？我很想做一番调查，也很想再深入一下，调查一下还有没有用银苗菜做酱菜的地方。想来酱银苗也不难吃，首先是嫩，其次呢？我想还应该是一个字——嫩！酱菜一旦七七八八地酱到一起，都那个味儿。什么味儿？酱菜味儿。我满喜欢北京的酱菜，都说保定的酱菜好，学生特意从保定带一小篓送我，齁咸！比我小时候吃过的咸鱼都咸。说来好笑，我小时候总是吃咸鱼，那种很咸很咸的咸鱼，一段咸鱼下一顿饭！以至于我都错以为凡海鱼都是咸的！好笑不好笑？

保定的酱菜没北京的酱菜好，北京的酱菜要以六必居为翘

/ 莼菜之味 /

楚。我有一道拿手好菜，在各种的餐馆里都吃不到，就是——"炒酱菜"。小肉丁儿，再加大量的嫩姜丝，主料就是六必居的八宝菜，这个菜实在是简单，实在是不能算什么菜式，但就是好吃，就米饭，佐酒都好。过年的时候我要给自己炒一个，好朋友来了我要给好朋友炒一个。

但要是没了六必居的酱菜，我就没辙！

莼菜可不可以像银苗菜那样做酱菜？俟日后到杭州细细一访。

咬菜根

各种的蔬菜里，大白菜让我感到最亲切。

白石老人题画有云：咬菜根，百事成。

很小的时候，每当家里开始大批大批把大白菜买回来的时候，我就知道，冬天就要来了。那些年，几乎是年年如此，父亲请人用手推车把大白菜运回家里，先是放在外边晾一晾，用父亲的话是"耗一下"，我不知道是不是这个字，总之是要让大白菜在外边晾一晾，然后才把它们放到小仓房里去。我家的小仓房在正房南边，快到冬天的时候里边就总是码满了白菜，当然大白菜最好是下到窖里去，但我们只有小仓房。大白菜放到小仓房里，到了天气最冷的时候上边还要苫好几层草袋子，这样的白菜一般要吃到第二年春天。整个冬天，家里人总是要到四壁皆是白霜的小仓房里去翻大白菜，把下边的倒到上边，再把上边的倒到下边，让它们的叶子既不能太干，又不能烂掉。冬天的日子里，饭桌上几乎天天都是白菜，土豆白菜、萝卜白菜、海带白菜，有时候是豆腐白菜。母亲有时候会用白如玉的大白菜帮子给我们来个醋熘辣子白。父亲喜欢用白菜心和海蜇皮拌了吃，白菜和海蜇皮都切极细的丝，白菜丝用盐抓过，海蜇丝用开水一焯，二者相拌，味道极清鲜。一盘这样的菜，就二两二锅头，简直就是我父亲的日课！春天来的时候，母亲会把抽了花葶的白菜心放在水仙盆里用水养，白菜花娇黄好看，都说红颜色喜庆，孰不知白菜花的黄颜色更加喜庆！

白石老人喜欢画白菜，还喜欢题"咬得菜根，百事做得。"而我最喜欢他在白菜旁边题"清白家风！"白石老人画得不是那种紧紧包住的"北京大白菜"，而是叶子散开的"青麻叶"。"北京大白菜"做醋熘白菜要比别的白菜好，吃涮羊肉也离不开它，吃菜包子就更离不开它，它的每片叶子恰好都像一只小碗，正好让人可以把馅儿放在里边，但这种白菜不好入画，圆滚滚的。而青麻叶不但入画还特别好吃，以青麻叶做菜泥，软烂不可方比。

腌东北酸菜也是用青麻叶，外边的叶子打掉，整棵大白菜一劈为二，在开水锅里拉一下，然后就码到缸里去，不用放多少盐，东北的气温可以让它既慢慢变酸又可以让它保持其脆劲。这样的酸菜也只好在东北才能吃到，要说做酸菜白肉，四川的泡菜不是那个味儿，韩国泡菜更不是那个味儿，东北酸菜好在本色，脆、嫩、白！吃酸菜白肉，最好是冬天，夏天不是吃东北酸菜的时候！说到吃，不单单水果是季节性的，酸菜也是季节性的。要吃四川泡菜，我以为最好是夏天，冬天吃四川泡菜，也不大对路！

冬天快要到来的时候，也是晒干菜的时候，把小棵的白菜一劈四瓣挂在那里晒干。说是晒，其实是阴干，要是晒，一过头就黄了。干白菜炖豆腐别是一个味儿；干白菜和鲜白菜一道煮，又是一个味儿，味道都很厚。味道可以分厚薄吗？这还真不好说！冬天的日子里，玻璃窗上满是山水花草般的霜花，你坐在暖烘烘的屋里，餐桌上是小米干饭和干白菜熬虾米，这顿饭真是朴素简单而好吃。直让人想到周作人说喝茶的那几句话："喝茶当于瓦屋纸窗下，清泉绿茶，用素雅的陶瓷茶具。"吃饭和喝茶虽不一样，但小米干饭加干白菜熬虾米会让你觉出清淡中的滋味绵长。

我现在是想得要比做得多，一年四季总是忙，几乎是，年年都想晒那么一点儿干白菜，但每年照例都会忘掉。而现在的市场上又没得干白菜卖，起码是我经常去的沃尔玛就没有。那里有干豆角、干茄子和干葫芦条儿，但就是没有干白菜。他们说干白菜太麻烦,没等卖多少就都碎了,碎糟糟的像是烟叶儿,所以现在不再进货。

其实要想吃干白菜还是自己动手去晒的好,今年秋天,也许不会忘记。

醋下火

好像是，没经过什么会议讨论也没经过什么会议通过，人们都一致认为山西人能吃醋。我在外边吃饭，总有人关心地问我来不来点儿醋。我说我从山西来但我不是山西人，虽然我不是山西人，但我多少还是要来点儿醋。尤其是吃饺子，总要来那么点儿。

在我的印象中，我的朋友里边作家张石山好像是最能吃醋，每次吃饭前都要先给自己倒那么一小碗，是一小碗而不是半小碗！这碗在北方可以说小，但到了广州、上海就绝不能说小，广州、上海吃饭就用那种碗，张石山每次吃饭倒那么满满一小碗醋，我坐在他旁边总想着看他怎么吃那碗醋，但总是不等你留意，那碗醋早已经见底。在山西或在全国，我以为要选举吃醋冠军一定非张石山莫属，起码在山西，我想不可能有人

/ 醋下火 /

超过他。

　　山西出好醋。太原宁化府的醋好。怎么个好？光看每天排队买醋的人就能知道。我跟人去过一趟，排队的人真多，是一个长蛇阵，人手一只或两只白塑料卡子，来这里打醋没有打一斤二斤的事，一打就是二十斤三十斤。宁化府的老陈醋特别冲，这不合我的胃口。我喜欢淡薄一点的，比如北京的醋，颜色和口味都比较淡，这样的醋我能连喝好几调羹，很好喝。我不太喜欢吃醋，但我喜欢每到一地都品一下。我认为镇江的香醋很好，有股子烟熏的香味在里边，蘸饺子很好。但我对白醋很反感，小时候没吃过，大了就不习惯了。我家的白醋总是放在那里没人动，要动，也是拌拌凉菜，比如凉拌莴苣这样的菜，要是用陈醋就不好看了。山西人吃醋，宁化府的醋还嫌不酸，醋打回来还要放出去冻。冻一晚上，醋上边结了一层冰，这层冰是水，把这层冰揭掉再冻，再冻一层冰再揭掉。冻来冻去，这醋就更酸更浓。山西醋，好像不单单是酸，而是香，醋怎么个香，我说不来，这要去问张石山。我吃过的最酸的醋是在韩城。照例是，大家坐下来吃饭，第一件事就是张罗着要醋。醋端上来，颜色真是淡，淡黄淡黄的。这醋能好吗？我倒了一点，我是小瞧了它，想不到韩城这淡黄的醋可真酸，一下子，嗓子和胃都有了反应，受不了，我从来都没吃过这样酸的醋。问了一下，才知道是柿子醋，以树上结的那种柿子做的醋。我是第一次知道树上的柿子居然还能做醋。我喜欢吃冻柿子，把柿子放一排溜在外边的窗台上让它冻着，吃得时候放在水盆儿里换一换，换什么？换冰，换一会儿，冻柿子外边就是一个冰壳子。吃冻柿子不用吃，吸就行。想不到我喜欢的柿子能做那么酸的醋，我真不知道柿子是怎么变成醋的。

我的母亲，上了岁数以后好像就不会做东北饭了。我至今都很想念她做的酸饭，这种饭只在夏天吃，好吃而祛暑。先把玉米面发好，和的时候要稀一点，做酸饭得有特殊工具，是一个可以把发好的玉米面挤成面条的那么一个小管子，很像是美院学生挤石膏用的管子，但要小得多。发好的玉米面就是从这个管子一挤一挤下到锅里。酸玉米面条很好吃，但要放很辣的青椒糊，是又酸又辣。但好像又不光是酸，酸之外还多少有些北京豆汁儿的味道，所以特别好吃。煮过酸玉米面条的汤很好喝，我现在喝豆汁儿就常常想到母亲做的酸饭，觉着亲切。

黄河最北边的那个小县河曲，人们一年四季都喜欢吃酸饭，是小米子酸饭。吃得时候先上一小盆小米饭，这小米饭不那么酸；然后再上一盆儿酸汤，这酸汤是小米汤，发酵过的，很酸；然后再上一盘老咸菜，黑乎乎的老咸菜。河曲人把这个饭叫"酸捞饭"。酸捞饭好吃不好吃？好吃。酸之外，也有点

醋下火

北京豆汁儿的那个意思！我一吃就喜欢上了。每次去河曲我都会找酸捞饭吃，其实不用找，一年四季，什么时候都有，什么饭店都会做，只要你喜欢吃，这个饭朴素开胃。

山西人爱吃醋，当地人有句话是"女人不吃醋，光景过不住"。但你要是问他们为什么那么喜欢吃醋？不少人都会说："醋下火！"

我常在心里想，山西人有那么大的火吗？怎么会有那么大的火？怎么就那么爱上火？这么一想就让我想到京剧《打瓜园》里的那个看园子的山西老头儿了，别看他手又抽抽，背上又背着个锅，但他的火气可真大。我觉得是不是应该给他来点儿醋喝喝，而且最好是宁化府的老陈醋。

一伙子山西人，给他们来两壶醋，真不知道他们还会不会再打起来。

醋下火！

角黍

五月端午必吃的食物是粽子，关于这一点，从南到北并没有什么两样。古人把粽子叫做"角黍"，是因为粽子有角。粽子一般都是四个角，三个角的也有，但据说还有能包出五个角的。《太平御览》引晋周处的《风土记》："俗以菰叶裹黍米，以淳浓灰汁煮之，令烂熟，于五月五日及夏至啖之。一名粽，一名角黍。"古人包粽子以黍米，黍米即黄米。黄米很黏，味道亦特殊。昔时人们的祭祖是必用黄米，一碗黍米饭蒸熟，黄澄澄供在那里亦真是好看。若此时派糯米上场，恐怕就要被比下来。虽然糯米洁白，打年糕离不开它，但白花花的供给祖宗好像不那么好看。

说到粽子，当然离不开包粽子的粽叶。最好是苇子叶，水泽河汊处到处长有这种水生植物。但一种说法是要用新鲜的碧绿的那种，另一种说法倒是一定要用隔年发了黄的，据说味道更浓。这倒让人不敢一下子就表示反对，就像是我们吃蘑菇，鲜蘑菇怎么也比不过干制的香一样。但要是画粽子，白石老人画的是那种碧绿的粽子，如果用赭石画，也许会被人错认为是摆在那里的一两块石头。吃粽子要蘸饴糖，或者是玫瑰糖卤。没有听过谁要吃咸粽的，比如把雪菜包在粽子里边，像吃雪菜炒年糕那样。当然肉粽子是咸的，但即使肉粽子是咸的，也很少见有人要一小碟酱油过来蘸粽子吃。

粽子在中国可以说是一种特殊的食品，一是要在一定的时间里吃，当然你开一个粽子铺长年的在那里卖也不会有人来反对；二是它不能拿来当做整顿饭的来吃，也只能像是吃点心一样吃一两个，然后该吃什么再吃什么。

鄙人对于粽子的态度向来是喜欢肉粽，那种大肉粽，油汪汪剥一个在碗里，无端端看着就有一种富足感。吃的时候还真是要蘸一点点好酱油。一边吃这样的肉粽一边再喝一点绍兴酒而不是什么雄黄酒，雄黄酒向来也不是用来喝的，而是用它在小孩子们的额头上画一个"王"字或点几个点。雄黄有毒，怎么能喝？京剧《白蛇传》里许仙让白娘子连着喝了几杯雄黄酒，而且他自己也跟着瞎喝，这真是让人担心，好在那也只是戏文。如果过端午节，人们真像许仙那样都纷纷地喝起来，到后来不是被蛇吓死而是早已被雄黄毒死掉。民间的端午节这一天调一点雄黄酒，也只是这里点点，那里点点。大人们是手心点点，脚心点点，小孩儿们是额头点点而已。还有那艾草，拿来剪做剑的形状挂在门头其用意不必细说，民间的各种禁忌说来皆有仙鬼在里边，民间的生活也缘此而丰富。

  每年一次的端午节后天便又是一回，原本想写一点纪念屈原的文字，却忽然把话题扯到角黍上来。也正好借此说一回雄黄不能喝，文章也便找到了这个结尾。

樱桃

说到樱桃，不说别人，只说我自己，其滋味总是不在吃字上，而是每每让我想起那首实在是很好听的民歌《樱桃好吃树难栽》，而我们现在所能听到的也只是唱片里一遍遍放出来经过改编的，其实并不那么好听。这首民歌原来应该是左权那地方人人都能吟唱的民间小调，女作家郝东黎这首歌唱得顶好，她的嗓子本来有些沙哑，经她唱的《樱桃好吃树难栽》真是让人心动、忧伤、疲惫，日子的艰难窘困都在她的歌声里了。这首歌的开头几句是这样："一坡滩滩的杨柳树，一呀么一片儿片儿青。"而这首民歌的好，是唱到每一段的结尾处总是要反复叹息："樱桃那个好吃呀，树呀么树难栽，有哪些心事呀，哥哥呀，你慢慢儿地来。"民间的歌曲，原是从一代代人的心上唱过来的，是不必改编的，改编过的民歌大多都不好。郝东黎唱的这首歌就要比唱片好听得多。

　　樱桃是季节性很强的水果,一吃过樱桃,春天就要过去了。契诃夫想来也是喜欢樱桃的,他的话剧《樱桃园》——起码是汉语版的《樱桃园》在舞台上已经很少上演了,这剧名真是好——《樱桃园》,不看剧情,光听剧名就有琳琅的色彩在里边。

　　我少年时候的家在花园的东边,花园里的樱桃树在结果的时候真是吸引人,是满树的珠玉。这么说一点都不夸张,那小小的樱桃每一颗都很亮很红,到最后会红到发紫。有叫不出名儿的小小候鸟会飞来啄食它,啄下一颗飞走,然后又会有另外的小小候鸟飞来继续啄食。现在市上售卖的樱桃要比我小时候吃到或看到过的不知要大多少倍,吃起来却永远没有那时的味道好。清朝的《道咸朝野杂记》里有记载,最好的樱桃应该是白色的那种,只是价钱十分的贵,一两要几两银子。而现在是很少能看到那种白色的樱桃。樱桃的好看还在于无论它的果实是多么的红艳,而果柄却永远是那么绿,绿得十分干净,是真正的红绿相间,放一盘在那里,会让眼睛亮老半天。白石老人笔下的樱桃之好并不好在樱桃的颜色上,而好在浓墨的樱桃柄子上,那种感觉都在。初夏时节上市的那种长茄子也一样的好看,那样的亮紫,茄柄又是那样的绿,紫和绿都干净到不染凡

/ 樱桃 /

尘,真是好看。小时候,对生活的要求不高,有好东西吃即可,及长大,对生活的要求才又加上了要有好东西看。

　　要想知道樱桃的好看,你最好把各种水果摆在一起,樱桃的亮圆好看真是无法让人忽视。北京一带那么多的地方,我唯还记着"樱桃沟"这个地名。在北京去过那么多地方,而"樱桃沟"却一直没有机会去。这条沟在北京的什么地方?沟里有没有樱桃?其实这些都不重要,也不必去看,如果真去了,也许连美好的想象都没有了。但契诃夫的《樱桃园》还是可以再看的,或再再地看。说一句玩笑话,去契诃夫的《樱桃园》,连机票钱都省下了。

吃白饭

说到白饭,一般人家再穷吃饭时也会有一两个菜,白菜煮土豆或土豆煮白菜总也算是菜,再好一点儿可以有豆腐或粉条,北方人以前很少吃到大米,这样的土豆白菜白菜土豆再加上窝窝头或馒头就算是一顿饭。没菜只吃饭的情况一般不会出现,即使是小时候早上上学拿一个馒头吃,算早点,也会夹一根腌菜;或者是一个窝头,窝头照例是要有一个洞,在那个洞里抹一点酱进去还颇不难吃。

一般来说,人们不会吃白饭,但白饭有时候其实是很好吃的。比如山东的大馒头,刚刚蒸出来,你拿一个出来趁热吃,是十分的好。再比如北方的黍米糕,刚刚蒸出来,什么也不就就那么白吃,也十分的好吃,满嘴都是粮食的味道。好的新米做的饭,刚刚蒸出来,你什么也不用就,就那么白吃,也真是

/ 吃白饭 /

香,没有任何别的味道影响它那独有的粮食的味道。真正会吃饭的人,不会要那么多菜,吃一次饭来十多道菜,到后来你什么感觉都不会有。菜要少一点儿,味道才会突出。

我爱吃的一种"白饭"是烤糕——黍米糕,也就是用黄米面做的糕。这种北方的食物热着吃很软,一旦放凉了就很硬,像块石头。如果是一大块,拿起来用其打人,如果正好是打在那人头上,被打的人一下子会晕厥过去也说不定。把这样的放凉了的糕切片放在火上烤,待两面都烤得焦黄焦黄,这糕的里面却又是极软了,这样烤出来的糕什么菜也不要就,就那么白吃,味道很好。

还有人爱吃以山药淀粉做的那种粉条,亦是白吃,什么也不放,粉条下锅煮好,捞出来就那么白吃,亦有特殊风味,据说比东北的猪肉炖粉条差不到哪里去。什么也不加,白水煮白粉条会好吃吗?有人就喜欢这么吃,其微妙之处似乎不可言传。

吾友绍武喜欢白吃面条,一碗白水煮面条,什么也不加,他端起来就是一碗,其滋味也只有他自己知道,但我想一定是有好的滋味在里边。

我想应该是什么也不加,粮食的味道便都在嘴里了。一如我十分爱喝面汤,把豆面条煮了,我却一根面条都不要,偏爱喝那豆面汤，是十分的好喝。粮食的白吃，是真正能品出粮食的本味。

但一顿饭下来，你总是要吃菜的。鄙人以为，菜一定不要多，一碗饭，两三个菜足矣。更有甚者，只煮一盘饺子，再加二两酒，其实这才真是会吃饭的人。饺子是中国人最好的食品，是既有主食亦有菜，再加上二两酒，是什么都有了。简单有时候其实是最最的不简单，一盘饺子二两酒，什么味道都跑不了，都在嘴里，比一下子吃十多道菜要好得多。饺子的好，酒水的好，都在里边，而且能让人记住。不知道从什么时候起，我真是十分的讨厌饭局，一堆人，团团坐，吃许多菜喝许多酒，纷纷说许多过时的废话，真是浪费时间。

吃白饭和白吃饭不一样。吃白饭是不就菜，白吃饭是不花钱。

我最近奉行的是不白吃饭主义，你的饭我不白吃，我的饭也不白给你吃。但喝茶和抽烟却不在此例，而我也只是喝茶而不抽烟。最近抽过两支烟，是因为画家吕三不远千里地来了，他要我抽，我便抽起来。因为一个人喜欢一个人，那个人要你做什么你一般是肯做的，这也只是特例。

夏食记

数伏天大热的时候，离不了冲凉，但刚刚冲过凉身上又黏黏的就让人受不了。这样的难受，在山西的北部也没有多少天，一年也就一个月左右，大热一个月。即使在山西的北部，小暑和大暑，中午的饭一般都要过水，过水凉面要用麻酱黄瓜丝。或者是邓云乡说的清粥小菜，此小菜大多以保定的酱菜为好，一小篓一小篓的那种，味道很醇厚。或者是高邮的咸鸭蛋，蛋壳以颜色发青的那种为好，在桌上磕磕，用筷子把一头捅开，黄黄的油就冒了出来。

北京的夏天食谱："头伏饺子二伏面，三伏烙饼摊鸡蛋。"饺子是中国人的最好发明，饭菜合二为一，如果再加上饺子汤，那就是连汤都有了。初伏的饺子，还是以芹菜猪肉的为好。这时候的韭菜已经过了时，但吃新蒜正是时候。一盘饺子就几瓣新大蒜，再来一碗饺子汤，挺好。二伏的面当然要过水，但我现在住在六楼之上，水龙头里边的水要放老半天才能有凉水出来。如果为了吃一碗过水凉面而放老半天的水是一种浪费，如把放出来的水用盆子接了，一时还没那么多盆子，所以不吃也算。三伏的烙饼摊鸡蛋是极家常的饭，起层的烫面饼，要烙得十分软乎，鸡蛋也要摊成薄饼状，卷在饼里一起吃。若就小米粥，有芥末墩就更好。总之夏天的饭食不宜大鱼大肉，是清淡一夏。

夏天的饭食不可不提的是荷叶粥，整张的荷叶于粥快要熬好的时候铺在粥上，俟荷叶变色再把它挑出来，粥的颜色微绿，这样的粥，以大米熬为宜。荷叶粥佐以天津冬菜，喝了一碗你会再要第二碗，或者佐以油炸虾米皮，就更好。与荷叶可以相提并论的应该是瓠子汤，瓠子颜色好看，嫩净入目。依知堂老人的说法去做就好，"金钩"也不必多，只取其鲜，但也需用油炸一下，以去其腥，以增其香。瓠子切薄片，不可煮太烂，这是夏天的味道。瓠子的另一种吃法是和一球一球的面筋一起清炒，瓠子要切小块儿，这道菜颜色和味道都好，宜配白粥。

若在天府的四川，白粥宜配"洗澡泡菜"。

曾见有人喝粥，把酸辣酸辣的泡菜汤兑到粥里，"呼噜呼噜"就是一碗，味道想必亦不恶。

便饭帖

灯下一边喝茶一边翻看新近邮寄过来的九卷本《故宫书画馆》画册。鄙人最近特别喜欢看这种古代的人物画,是想知道古时的人们都在那里做些什么:比如穿什么?或吃什么?或戴什么?或者是桌子上摆放着什么?忽然就看到一幅用"便面"遮着半个脸的美人。便面其实就是扇子,用来扇凉的时候就是扇子,而忽然有人走了过来而又怕给别人看见,这时候可能就叫"便面"了。而我却从这"便面"忽然想到了便饭。

从前家里来了客人,又恰是吃饭的时候,而又一时备办不及,便只有请客人吃便饭了。便饭的意思首先是方便快速,即刻就可以端上来让客人吃。

早在二三十年前,通行的便饭也不过是在锅里下挂面,然后再来一小碗鸡蛋炸酱。虽然简单,其实很好吃。那时候的挂面好像就是为了应急，如果是现和面，还要饧一下，再加上左擀右擀，啰里啰唆很费时间。而鸡蛋炸酱也是当下就可上桌的，东三省好像到处都有这个酱，而且味道很好。先把鸡蛋炒了，用铲子把鸡蛋戳得碎叨叨的。这碎叨叨的是乡下老太太的话，如果鸡蛋是一大块一大块的，味道入不进去也不见得好吃。炒好鸡蛋再把酱倒进去，这个"菜"就算大功告成。挂面再加上鸡蛋酱，真是极其方便而快速的食品。

便饭还有另一个意思是家常饭，指不特别张罗准备的饭，那就是客人来了碰到什么就吃什么。家大人从小就教育我们，吃饭的时候不要去人家。这个习惯我现在还有，吃饭的时候一定不会去人家，有什么急事也要错过这个时间，自己方便别人也方便。

在陕西，看到做挂面的人家。黄土窑洞的宽大院子里，结着金红色柿子的大树下，一排排的晾面架子上简直就像是竹帘样挂满了挂面，而这"竹帘"的纹路却是垂直的，有太阳光从对面照过来，竟然是琳琅好看。这样的挂面，我只觉有阳光雨露的意思在里面，虽然它并不能沾上雨水或露水，但只觉它好。

居家过日子，放几束挂面在那里以备客人的突然来临，这意思，便有温情和裕裕然的感觉在里头，让人欢喜。不像一包一包的方便面，虽包装好看，却总像是没有那种正式感，亦不能让人喜悦。

花鸟知春意

玉簪花帖

鄙人可能是经常没事喜欢在北京的胡同和街上散步，就总觉得北京的玉簪花像是特别的多。玉簪花的叶子是浅绿色的，因为绿得浅所以就像是很透亮。玉簪花分两种，一种开白花，我以为是正宗玉簪；一种是开紫花，而花型也要略小一些，我不太喜欢这种，我对紫颜色好像是有什么意见，为什么？说不清，就是不喜欢。

北京郭沫若的故居，他的院子里就种着一丛丛的玉簪，还有两株高大的西府海棠和数丛牡丹，这种格局在过去叫做"玉堂富贵"，玉堂富贵指的就是玉簪、海棠和牡丹。这好像是一般人的院子里还不能这么种，这得够品级才行，王府的院子差不多都会是这种格局。

梅兰芳的院子里种的却是苹果树和柿子树，这也有个讲究，叫做"事事平安"，这是一般人的院子，一般的人过日子要的就是平平安安，而且是大事小事最好都能够平平安安。我个人十分喜欢这种格局，再说柿子和苹果也很好吃，冬天的时候，在窗台上摆一排溜冻柿子黄黄的不难看，想吃的时候就化一个捧在手里吸溜，冻柿子一般都是熟透了的，化了，用手捏一捏放嘴边一吸两吸就行。我觉得我要是有个院子，就会种几株苹果和柿子，既好看又能吃。还不说海棠开花是多么的好看，苹果花也不难看，苹果花要比海棠来的疏朗些，花型略大。但在我们山西的北部，柿子树是种不活的，所以即使有了院子也只能种些别的什么树。

玉簪花叶子的叶脉有个特点，那就是叶子上的叶脉像是每一根叶脉都从叶子柄那里开始，所以画玉簪花的叶子的叶脉都要从叶柄那地方下笔往下拉。这样画，才是玉簪。玉簪花开花，是从下边一直往上边开，下边的谢了，上边的又开了，所以是越开越高。玉簪花比较好画，淡墨勾花，叶子的墨色稍深一点为好，这样好有个对比。玉簪的花形是管状的细长喇叭，可不就像个玉簪。评剧《花为媒》里有一句唱词就是夏季里花开什么什么的，后边紧接着有个白玉簪，可见当年写这唱词的人是熟悉北京的。

北京胡同里最常见的花有两种，一种就是白玉簪，另一种是红豆花。红豆花可真红，种这种豆科植物是要搭架子的，在自家门口用竹竿随便搭那么一搭，花就会顺着竹竿往上爬，一爬两爬就爬满了架。红豆开的时候可真是好看喜庆，那个红才叫红，是正红。这种豆类的学名我叫不上来，我就叫它红豆。我还知道这种红豆结的嫩豆荚可以吃，老北京人家吃焖面就喜欢用它。

"今天吃什么呀？"

"吃焖面，到门口摘点豆角去。"

北京人把豆荚叫做豆角，红豆的豆角是紫色的，又宽又短，有人说它其实就是扁豆。管它是不是叫扁豆？这个我没查过。

葵花

葵花又叫"向日葵"或"朝阳花",而鄙乡葵花的发音却是"葵霍"。那几年下乡去开会,村子里的队长会对旁边的人说"去,摘几个葵霍饼子来。"不一会儿葵花饼子就摘来了,开会的下乡干部人手一个,一边从上边剥葵花籽吃一边开会,这个会开得很朴实很亲切,大家就像是拉家常一样说一些正事,那时候的正事也就是植树造林或者是计划生育。大个儿的葵花饼子直径有一尺多长,放在两腿之上,一边吃一边说话,手也不停嘴也不停,葵花饼子上的籽吃光了,会也差不多开完了。葵花的叶子和葵花饼子都有一股很特殊的味道,说不清那是什么味道,但绝对不香,也不臭。而且葵花的叶子上会分泌一些很黏手的东西,吃完葵花饼子得洗洗手。

那些年人们生活困难,买不上正经烟抽,不少人就都抽葵花叶子。把干葵花叶子拿来搓碎，用报纸卷了抽，闻起来很是刺鼻。但那些年不少人就抽这个，一是不用花钱，二是葵花叶子到处都有。条件好一点的会把烟叶和葵花叶子两样各放一半掺在一起抽，这叫"二合烟"。

  各种的植物里边，葵花的花是会随着太阳转动的，太阳在东边它就转向东，太阳在西边它就转向西，所以才叫向日葵。到葵花快要成熟的时候它就不会转了，它会沉静地低下头，葵花头的分量让它不能再高高昂起它的头转来转去，它只好把头垂着，一直到人们把它们一个一个用镰刀割去。

  葵花成熟的时候不知从什么地方会飞来一种个头很小的候鸟，灰毛红嘴，专门吃向日葵，它们会把它们的身子倒吊在向日葵的花盘上，一大片的向日葵很快就会被它们吃得干干净净。每逢这个季节一到，村子里就会安排专人去赶鸟，他的工作就是赶鸟，一边赶一边喊，手里还会举着个长竹竿，竹竿上绑着个很长的红布条，他们就在葵花地里走来走去，走累了，拧一个葵花饼子坐在那里一边吃葵花籽一边休息。

  葵花是好东西，用处很多。葵花籽油很香，要比菜籽油好吃。葵花杆还可以用来生火，尤其是用来引火，葵花杆子的里边是棉絮一样的东西，点着了，它会就那么不动声色地慢慢慢慢燃着，像是没火，但用嘴一吹火就出来了。葵花杆子最大的

/ 葵花 /

用处好像还在于它可以用来扎篱笆墙。葵花杆子上都有一个弯钩,把弯钩一律朝外扎一道篱笆,可真不难看,而且可以说是很好看。葵花分"大葵花"和"小葵花"。大葵花会长得很高,会高过人头。小葵花却长不高,小葵花长到一定时候会从上边分出许多杈,每一个杈上都会结一个小饼子,这种小葵花一棵就会结许多小葵花饼子。这种葵花就像是凡·高画的那种,花盘也是黄的,不像那种大葵花,只有花盘四周有一圈儿金黄有花瓣,花盘却是黑的。小葵花结的籽很小,颜色乌黑,吃这种葵花籽会把嘴唇染黑。花店里有卖这种小葵花的,买四五朵回去插在花瓶里颇不难看。

我曾经在露台的大花盆里种过葵花，想试着种几棵看看，结果长得很高，花开得也很大，那个花盘成熟后我特意还用尺子量了量，好家伙，直径有一尺半！这我可不敢相信，我跟谁说谁也不相信。下第一场雪的时候我把它摘了下来，但我不舍得和吃它，我想起了过去的岁月，人们一边开会一边人手一个葵花饼子的岁月，还记起了那个老村长，他那时早就不当村长了，但开会的时候他也来了，新任村长赶忙把座让给他，开完会还征求他的意见。老村长说，我哪有什么意见啊，这葵花占着我的嘴呢，人们就都笑了起来。

如果我有个院子，我想我会种不少葵花，但我没有院子，所以我羡慕那些有院子的人。我还怀念开会可以一边说话一边吃葵花籽的年月，那时候，人与人之间多亲切。

凤仙花帖

凤仙花在民间的另一个名字叫指甲花，因为它的花朵可以用来染指甲。凤仙花从枝到叶再到花都比较水灵，所以也是画家们比较喜爱的一种花卉。凤仙这个名字多少有些风尘女子的意思，这与民国年间的小凤仙分不开。小凤仙老了以后的照片我曾经看到过一张，就照片而言根本就看不出她当年有多少姿色，照片上的她交叉着两腿坐在一把椅子上——是小脚，不是一般小，是很小。如果不说照片中的人是谁，谁都不会相信这就是曾经轰动一时的人物。我看着这张照片就在心里问自己，我要是蔡锷会爱上她吗，好像是不会，怎么会，模样真是太一般了。

凤仙花是夏季的花卉，开花红粉透亮可真好看。夏天一到它就开始不停地开，是一边开一边往高了长，花几乎是藏在枝叶之间。所以画凤仙花总是先画花枝，然后是再画叶子，画花枝和叶子的时候要预留出一定的位置，然后才在预留的地方画花朵。画凤仙花离不开胭脂，先用笔把淡胭脂调好，再在笔尖上蘸一点浓胭脂。画凤仙花不用点蕊，凤仙花有没有花蕊呢？我现在几乎都想不起来了。凤仙花的花籽像是一个大型的枣核，轻轻一碰就会裂开，像是谁在里边安装了弹簧，你只要一碰它，它就会马上把里边的种子瞬间射向四面八方。我们小时候总是在凤仙花上采它的花籽，玩儿的时候只须用手指一捏或者是往谁的脸上一掷，因为它会炸开并且把种子射出去，我们又把它叫做子弹花。

　　古典小说有记写到用凤仙花染指甲的细节，《金瓶梅》和《红楼梦》中都好像有这样的描写。用凤仙花染指甲当然是用它的花瓣，染的时候要加那么一点点明矾，先用捣缸把凤仙花的花瓣捣黏了然后再敷在指甲上。要过好一会儿才行，指甲才会变红，而且要染好几遍。染过的指甲好看不好看？说真心话并不怎么好看，手指甲还尚可，脚趾甲如果染了可就太难看了。夏天的时候最让人心里不舒服的就是看到一个把脚趾甲染得彤红的女人从对面走过来，穿着双拖鞋，一边走一边还嗑瓜子，可真是让人心里不舒服。

　　凤仙花的名字可以说不止一个，凤仙、指甲花、子弹花。

/ 凤仙花帖 /

写这篇小文的时候我忽然又想起我的岳母大人来了，我的岳母大人每年都要种那么几株凤仙花。四合院，她住北房，也就是正房，一进门两边的窗台上一到夏天就红红绿绿煞是好看，她从不叫凤仙花叫凤仙花，她把凤仙花直接叫做"海纳"。我翻字典想查查这两个字到底是什么意思，但至今都没查到，我甚至都不知道"海纳"这两个字是不是应该这么写。我的岳母大人去世已近十年，但世上的凤仙花还轰轰烈烈地开着，只要是一到夏天……

地黄帖

我对毛地黄有一种说不出的好感，因为毛地黄是我最早认识的植物。那时候我家住在护城河边上，用现在的话说应该是城乡接合部的那么个位置。小的时候，因为弟弟生病，所以家里人几乎都顾不上我这个比弟弟刚刚大出两岁的老三，所以我才得以整天能够在外边野，用母亲的话说就是野，"又野哪儿去了？"母亲会这么问我。

小时候，我说的这个小时候应该是四五岁之间，我能记着的事就是从院子里出来往西边一直走，最终穿过那条白晃晃刺眼的马路，然后就站在了公园的花砖墙之外了，翻过那道砖砌的花墙里边就是公园，花砖墙里边种满了玫瑰花。今年八月我去云南，执意要拉上周华诚去看看云南用来做鲜花饼的玫瑰，结果发现那边的玫瑰没我们这边的香，颜色也没这边的那么

/ 地黄帖 /

紫，像是有些偏红，而在我的印象中玫瑰应该是紫色的才对。我现在住的那个小区院子里就种了不少紫玫瑰，玫瑰花开的时候，我在窗里朝下看，总是能看到不少人在下边偷偷摘花。玫瑰花可以用来做玫瑰卤，过端午吃的那个凉糕是要蘸玫瑰卤的，那可真是又香又甜。前几年踢足球又写小说的陈鹏拉我们去昆明的"雪山书院"搞活动，会间我一个人从那个院子里出来，顺着那条街往北边走，过了那个小石桥，那桥可真小，一米来宽两米多长，桥那边有好几个店都在卖刚出炉的鲜花饼，我是被那香气吸引过来的，一个人买了一盒鲜花饼，站在那里不离地方一口气全把它吃完了，撑到晚饭都没吃。昆明的玫瑰鲜花饼可真香，是天下第一，没有第二。

说到毛地黄,我是在护城河里最早认识的,那毛茸茸的喇叭状小紫花可太好看了。毛地黄不但叶子是毛茸茸的,花也是毛茸茸的,但我当时不知道它叫什么,我也没想起过要问一下家大人,但年年春夏之际我总是最先看到毛地黄。直到后来大了,得到了一本插图本的《本草》,才知道它就是毛地黄。

我对白石老人有点意见,他怎么就不画画毛地黄?毛地黄好像是宋画里边有。宋画是花鸟山水的高峰期,你可以在宋画里边看到各种的花和昆虫。宋人是蛮有情趣的,他们的心境可真是静,蝴蝶啊蚂蚱啊螳螂啊蜻蜓啊,天上飞的地上跑的都有。他们每天只顾在那里画画儿,才不管皇帝的事,他们的那个皇帝也天天在画画儿,也不去做皇帝的事,所以那些蝴蝶蚂蚱现在还都活在他们的画里。宋画里有蜀葵、知风草、海棠花、菊花、梅花、牡丹、石榴、莲蓬、枇杷、牵牛花、葡萄、木芙蓉,还有很大的长白菜和一点黑色的蚕豆花。我翻看宋画,心里就有个期待,我听见自己说,会不会有毛地黄?会不会有地黄?我忽然听我"呀"了一声。我直到现在都在想,什么时候查查有没有宋人没画过的花草昆虫。

我认为宋代可真合适我这个人,只是我们无论谁都没那个本事,让自己离开现今,回到自己喜欢的那个时代里边去……

栖霞木瓜

明清笔记小说多有记载南京栖霞山出产木瓜："南京栖霞多产木瓜，年时做清供，久则逾香，且多可入药，又叫药木瓜。"而木瓜像是又可以泡酒，小时候像是见过一种酒就叫"木瓜酒"，当然是药酒。这是药木瓜。

要说吃，我以为水果木瓜不怎么好吃，也不怎么好看，要想让它好看就得把它切开。一肚子瓜籽黑亮黑亮的，瓜肉的颜色且有过渡，从淡黄到橘红，很是好看。我不喜欢这种能吃的水果木瓜，但我喜欢药木瓜。药木瓜一是可以做清供，二是可以闻香。

八怪之一的边寿民题《木瓜图》："木瓜，以金陵之栖霞山者为佳，圆大坚好，肤理泽腊，无冻梨斑及虫口啮蚀状，故久而愈香，得一二枚，便足了一冬事矣。"那一阵子，我很迷边寿民，实际上是对他的古怪行径感兴趣。据说为了画大雁，他在芦苇丛中搭了个可以把身子猫在里边的小草棚，日昔与大雁相望，所以他的雁画得比别人都好。作画需要观察。吴昌硕的花卉好，但他画虎就不行。我看过吴昌硕的一幅虎，当时我差一点就要笑出来。他笔下的回头虎真和猫差不多，既没多少虎气，两只眼也忒大，眼大则呆！这幅画算是给吴昌硕丢人！

北方人不太习惯吃水果木瓜，也可能在北方根本就吃不到好木瓜。北方人对木瓜就那样，吃个新鲜，我至今都不知道最好的木瓜什么味儿。在北方所能吃到的木瓜运来之前一定不能是熟得太好，要太熟，运来就坏了，所以北方人吃南方水果总是吃捂熟了的，有那个味儿，但永远不是最好的那个味儿！

这是能吃的水果木瓜，而边寿民所说的木瓜不是这种木瓜，边寿民说得那种可以闻香的栖霞木瓜比能吃的木瓜硬得多，咬都咬不动，人们把它叫做香木瓜，也就是药木瓜。香木瓜的样子不起眼，没能吃的那种个头儿大，是越放越抽抽，一点点都不起眼，但不起眼才妙。你放一个在屋里，什么香啊？坐在那里的客人闻到了，看他的鼻子你就知道他已经闻到了。我深夜读书，有时候早就忘了那个干巴木瓜的存在，那个盘子放在高处，因为怕让人摸来摸去，但忽然又闻到它的香了。

我姑娘和别人也一样，根本分不清这木瓜和那木瓜的区

/ 栖霞木瓜 /

别。有一次我买了一箱水果木瓜回来，切一个，我姑娘只吃了一小块儿，说什么味儿。我们那儿不出木瓜，却有一句骂人话和木瓜有关——木瓜脑袋！是说这个人笨还是说这个人的脑袋长得不好看而像个木瓜？

用水果木瓜榨的汁其实也不难喝，有股清鲜之气。

用水果木瓜做菜在北方是"新鲜事物"，眼下饭店里到处都有的一道菜是"木瓜雪蛤"，或是"木瓜牛肉"。但民间最简单的吃法却是拿一个青木瓜擦丝拌着吃，来点儿醋，来点儿盐，再来点麻油，各随其好，也有用白糖拌了吃。若说以木瓜做菜，论口味，我觉得是既说不上好，也说不上赖。要我，宁肯来一盘拌白萝卜丝。

再说木瓜，我以为还是药木瓜好。一个木瓜，放在那里总是能让人闻到它的香是一件多么好的事。"故久而愈香，得一二枚，便足了一冬事矣。"但至今，我都不知道什么地方还有卖可以闻香的栖霞木瓜。一种说法是宣城的皱皮木瓜最好，但我也没见过，不但是我没见过，我想苇间老民边寿民也可能没见过，要不他就不会说木瓜要数南京栖霞的最好了。

南京栖霞山现在还有可以闻香的木瓜吗？这次去南京，问遍诸友，都说不知道。我家的木瓜，年年都是同仁堂的朋友送那么一两个过来。

知风草

年年如斯，也没人去种，阳台上的花盆里一到春天照例都会长出我喜爱的知风草。知风草的穗子特别小而又松散，我总想它应该是小麦或粟谷们的亲戚，只是它太小。

我总是舍不得那几个红色的老陶盆，那几个陶盆总是让我想起家大人往花盆里种异菊花的情景，好像那几个老陶盆过去就是专门用来种菊花的。家父于春天刚刚到来的时候总是要忙一阵子，把土弄来，再把肥弄来。也不知他从什么地方弄来的肥，黑乎乎的，也不臭，倒像是香，泥土的香，而又不全是，是树叶子沤过的那种味道。肥和土拌在一起，然后是把盆子里的土都倒出来，干结的泥块儿中随意长着的植株，微有小风，它就马上摇动起来，所以叫"知风草"。每次搬泥块会被一一敲碎，然后再把它们和一回。然后才把这些种花的土放在盆里，然后是把花籽放进去。因为家大人喜欢花，还喜欢亲自种，所以那时候家里有花锄什么的，还有小铲，还有洋铁皮的喷壶。家大人那时种的花约略有这样几种，晚饭花、雏菊、美人蕉，还有薄荷和紫苏，而那些知风草，虽没人去种，但也会随之在盆里长起来，而且总是欣欣向荣。

说到阳台上的知风草，很奇怪的是总是要让人想到秋天向冬天过度的那些日子。天已经很凉了，这时候新鲜的白萝卜已经下来了，切了大块，用熟猪油煎了，再用好酱油和冰糖慢慢地煨，大块大块的白萝卜一块一块都给煨成了琥珀的颜色，味道真是好。这样的萝卜也只能在冬天还没有来，秋天已经快结束的时候吃到。一过这个季节，白萝卜就不再是那个味道。

这时候的阳台上，一盆一盆的花都几乎凋零了叶子，而唯有知风草还绿着，是一丝丝的绿，顶着霜后化成的水珠或者是深秋的雨水。知风草的绿，在夏天是容易被人忽略的，而在冬天来临之前，它的绿就不再容易被人忽略，寒凉却晶莹。这时候的知风草是瑟瑟的，也只好用"瑟瑟"这两个字来形容它。秋雨给人带来的感觉永远是近乎哀愁，再加上秋风，它就那样抖动着。或者是已经下过了一两场雪，偶尔看看它，居然还绿着。石榴在冬天是要入房的，那房也是很冷的，玻璃上会结霜。而知风草居然又在盆里生长了起来，碎碎的、绿绿的。时

花鸟知春意

下人们多种菖蒲,金农画菖蒲,全用短笔,一笔一笔真是有耐性,而菖蒲也真是碎的不能再碎的笔触,而知风草就更细碎。一有风吹,辄摇动不止,深秋尚绿,示人生意。

玉米的事

今年春天的时候,我在南边露台的红陶花盆里种了几颗玉米,却只长上来一株。玉米长上来,才知道玉米的叶子竟然是对生的,虽然小的时候曾经看到过地里大片大片的玉米,也曾在玉米地里钻来钻去的捉迷藏,但竟然忘了它的叶子是对生。凡是植物,对生的叶子都不太好入画,所以一旦画的时候还必得让叶子错落有致才会好看。好在玉米地里的玉米总是你挨我我挨你地长在一起,叶子自然会互相披纷交错,不像我种在阳台花盆里的玉米,只一株,标本样天天立在那里,想必它会颇感孤单。植物有这种感觉吗?植物毕竟不是动物,但谁又敢说它们没有这种感觉?

画家里边,喜欢大笔披纷地画玉米,白石老人算是第一人,他画得玉米棒子,总是被剥开的,露出里边的玉米粒,如

花鸟知春意

不这样画，会好看吗？而如果是地里的玉米，早早被人们把外边的那几层薄薄的绿皮剥开，真还不知道它们还会不会继续生长。艺术就是艺术，为了好看，且让它们被剥开。

今天早上一起来就画玉米，忽然想起当年顿顿饭都是玉米的往事，玉米窝窝、玉米饼子、玉米渣子粥。玉米据说是明代才从外边传到中国本土的，以玉米作为主食是墨西哥土著们的事，想想也真是难为他们。玉米好吃吗？你不能说它难吃，但顿顿饭都是它，你会受不了。有被玉米吃怕的，据说一看到玉米，胃里就会反酸水。我虽不太喜欢吃玉米，但街上有卖刚下来的嫩玉米，总是忍不住要买几穗回来煮上吃。或者在街头买一穗烤熟的嫩玉米，一边走一边吃，味道可以说是十分的好。烤而食之味道之好马上会加倍的好像还有"山药蛋"。

玉米的事

今年种在阳台花盆里的玉米到了秋天不知能不能结出棒子来，而我真希望它能结个棒子给我看，方不辜负我家的"阳台高地"。我的朋友把我的阳台叫做"阳台高地"，我喜欢。谁堂给我刻有一闲章，印文是"阳台农民"，我亦是喜欢。

明年的计划是，除了玉米我还打算再种几株高粱。画家之中，喜欢画高粱的还真不知道有谁。画家杨春华那年来我这里，看到了郊外成片成片的高粱，刚刚下过雨，一坡一坡的高粱叶子绿到发黑，高粱穗子的颜色红到发紫，她便一时高兴到大叫。之后便画了几株高粱给我，勾线用色都极其恣肆，还用了金，这幅《高粱图》真是漂亮得很。

白石老人画没画过高粱？也许画过，但在我，起码是没见过。文学作品里经常有人把玉米地和高粱地形容为"青纱帐"，我却觉得一点都不像。什么是青纱帐？青纱帐又是什么？我不知道，我以为高粱地玉米地就是高粱地和玉米地，不知为什么，我很讨厌这种形容。

玉米里边，最好看的要数那种"花玉米"。就是不吃，摆在案头上亦可以算是清供。玉米粒黄紫相间，还有红色的颗粒，真是好看。

说鼠

国人对物品的称呼往往会把它的出产地同时标出,如"胡芹""胡瓜""胡麻"乃至《金瓶梅》一书中"胡僧",都专指从西域而来的人与物,再如"川黄连"和"淮山药",还有"党参"等等,都是地域性的专指。再比如动物中的"社狐",是指生活在城市里的狐狸,再如"仓鼠",是专指生活在仓库里的老鼠。现在在城里已经很少能够见到狐狸的踪影。而据说有人在故宫的晚上看到过拖着大尾巴漫步的狐狸,那一定就是社狐了,它住在什么地方?这很不好说,偌大一处旧宫苑,想必有它的藏身之处。过去的老城墙老祠堂里是既有蝙蝠又有猫头鹰,还有蛇,还有被民间人士称做"五爷"的黄鼠狼,而鄙人故乡的东北向来是只把黄鼠狼叫做"黄皮子"。这些动物生活在老城墙老房子里本不足为奇,还有别的什么,很难让人——

列举，而老鼠的广泛存在可以说是肯定的事实。

　　说到老鼠，不管人类喜不喜欢它，它肯定是与人类关系十分密切。有人的地方就会有它的存在，哪怕是船上或是在天上飞来飞去的飞机之上，但它们是不是能够叫"船鼠"或"飞机鼠"？如果有人非要这么叫，大致也不能说离谱。而人们寻常说的田鼠却实实在在是生活在田地里。当代画家里，喜欢画老鼠的是老饕陈绶祥先生，我对他说饕餮二字分开讲，饕是贪财，餮是贪吃，如《左传·文公十八年》——"天下之民以比三凶，谓之饕餮。"而他现在还在叫老饕。老饕绶祥喜欢画鼠，曾画有一图，老鼠与电脑的鼠标同在一个画面，画之好赖且不说，有时代气息。我去海南地界，没事去转菜市场，看到一片一片暗红的腊鼠肉像小号风筝一样挂在那里，当下便想鼠肉其实要比猪肉和狗肉干净，老鼠起码不吃大便。但要请我吃老鼠腊肉，我还得要拿拿主意。有一阵子，我喜欢画那种毛茸茸一团的小老鼠，用细笔把毛一点一点丝出，茸茸的。曾画一幅《樱桃小鼠图》，用姜思序的老胭脂圈樱桃，小鼠画出用淡赭罩一下再用油烟焦墨细细丝一遍毛，真是很好看。从外边回来的一位朋友十分喜欢，硬是要去挂在他澳大利亚的家里以慰乡愁。

　　古人书写用鼠须笔，大多为小笔头。看新疆出土的毛笔，想必所用是家鼠的须毛。狼毫笔自然是用黄鼠狼尾巴上的毛，最长6厘米的狼毫笔非我辈能用得起。时下笔庄的笔，真正的狼毫几乎不见。自然界的黄鼠狼当然还有，乡老相传，黄鼠狼要是活过一百岁，玉皇大帝都得叫它舅舅，这辈分怎么排？恐怕无人知道。民间还多有关于黄鼠狼成精的故事，不少人家还专供黄大仙，所供也只一碗清水而已，如果黄大仙突然降临也只好不停地喝那碗清水。

鸡鸣喈喈

关于鸡的叫声，凡家中养过鸡的人不难分辨出是雄鸡叫还是母鸡在叫。早晨的鸡啼，"喔喔喔喔，喔喔喔喔"，当然是雄鸡。而"咕哒咕哒"不停不歇地叫起来，那一定是母鸡生了蛋，会"咕哒咕哒"接连地叫好久。若是几只母鸡同时生了蛋一起叫起来，尤其是夏日的中午，是让人讨厌的，而乡下的炊烟和远远近近此起彼伏的鸡叫向来又是一件让人感到温馨的事情。

说到鸡叫，实实在在应该是件有规律的事，一是早上，远远近近的鸡此起彼伏地叫起来，便是古人所说的金鸡啼晓，那一定是雄鸡在叫。二是生过蛋的母鸡叫，它们为什么叫？却像是无人研究过。

说到民间的养鸡，南方用竹编的大鸡笼，到了晚上鸡会自己跳进去,北方则是鸡窝,古人把鸡窝叫做"埘"。埘是在土墙壁上挖洞做的鸡窝,山西的黄土高原上现在还能看到,不但是鸡,鸽子也照样住在里边。这样的鸡窝,乡下的土窑洞还可以,挖七个八个都可以,如果住瓦房或一般的稻草薄土壁房则不大合适。北方不住土窑洞的人家养鸡照例是要盖鸡窝,鸡窝里向来是要有能给鸡落脚的地方,那就是鸡窝里要搭几根木架。鸡生来不会席地而卧,所以北方人把鸡窝又叫"鸡架"。一般人家养鸡,七八只或十多只母鸡就必要有一只雄鸡统领才不会纲纪大乱,也不用投票选举,母鸡们都知道那只雄鸡就是它们的首脑。鸡埘之上,照例还应该有一排让母鸡生蛋的小窝,这么说来,北方的鸡埘倒像是座二层的小楼。母鸡下蛋的小窝里照例是要铺一些草秸。鸡其实和人一样,生产之前是孕妇,生产之后是产妇,只不过隔一天生蛋或一连几天都生蛋让人们司空见惯不以为然罢了,如果一只鸡要十年才会产一枚蛋,那鸡的地位也许堪比非练实而不食的凤。

说到鸡叫,忽然想到了《诗经》里的句子"风雨凄凄,鸡鸣喈喈"。鄙人小时候是比较讨厌下雨的,天一下雨,第一件事就是不能出去玩,第二件事是如果要如厕就必须一踩两脚泥,虽然有上海出的那种橡胶雨鞋,但要是碰上两三天都会连绵不断的小雨,真是让人在心里陡生闷气。不但是人的心情不好，鸡缩在鸡埘里也会不高兴，下雨，天气寒凉，鸡便会在鸡埘里发出一片"喈喈喈喈"的叫声，这叫声不大，像是在哆哆嗦嗦。有时候人还在被子里半睡半醒，就听到了外面的"喈喈喈喈，喈喈喈喈"，不用问，外面又在下雨。以鄙人的经验，只有下连绵不断的小雨，鸡才会"喈喈喈喈，喈喈喈喈"地叫。天大冷，比如冬天来到的时候，鸡埘的门上会被覆以小棉被似的小门帘。即使是这种天气，鸡也不会发出雨天的那种"喈喈喈喈"。

至于"风雨潇潇，鸡鸣胶胶"则让人大不明白，不明白是什么情况？鸡能发出"胶胶"的声音吗？鄙人好像长这么大都没有听过如此的鸡叫。也许"胶"的古音不是 jiao，而是其他什么音也说不定。

女曰鸡鸣

　　《诗经》之好,是要人知道古时先民们的生活,虽岁月迢迢,时隔数千年,其实他们和我们现在亦差不多,不外是吃饭穿衣睡觉。读《诗经》,常常能让人会心会意。少年时读不加注释的白本,如《卢令》,起首第一句"卢令令",一下子便让人明白那只狗的脖子上原来是挂了一只铃,跑过来,自有响动。再如读,"氓之蚩蚩,抱布贸丝,匪来贸丝,来即我谋"便让人想笑,两个字"蚩蚩"真是传神,是既有声音,样子也像是清清楚楚就在眼前。《女曰鸡鸣》这一首的好在于一问一答,女的说鸡叫了,起来吧,男的说天还没亮,再睡会儿。却不知他们在天将亮未亮之时正在做什么?起来后又要去做什么?男耕女织或射猎采桑?古人的生活说来也简单,桑田之下即便有故事发生也青天白日,不说罗敷,只说平西归来的薛平贵。一块金

/ 女曰鸡鸣 /

子掷在地,照样是只换来一把黄土扬在脸上。青天便是青天,白日便是白日。也只那时,才有烈女,不为黄金心动。

《诗经》里许多地方都写到了鸡,可见古时养鸡之普遍。现在的城里,几乎没有人家再养鸡。那年去西泠印社买印泥,忽然听到了鸡啼,心想这毕竟是西湖,容得鸡鸭喈喈呷呷,再出去看那鸡,原来是在笼里准备养肥了杀来吃,一时让人气短。再一次是去宠物市场,看到卖雄鸡的,有红公鸡绿尾巴的那种,还有芦花鸡,一道黑一道白格外好看,衬的鸡冠越发一如丹砂。便想买只养在露台上,一时又不敢买,天天乡下翁媪一般地又是"咕咕咕咕"地喂食又是一遍一遍地打扫鸡舍,想想,也只好作罢。有把鸡当做宠物养的,主人躺在床上睡觉时鸡便卧在主人身上,只是不知道鸡屎会屙到什么地方。鸡当然是不撒尿的,鄙乡有句话是"鸡不屙尿,自有门道",原是说一个人办事有他自己与众不同的办法。写到这里,忽然觉得应该去翻翻书本,看看禽类是怎样解决它们的小便?是不是所有的禽类都不撒尿?不过它们不撒尿也好,譬如大雁,成群地从南方飞来,忽然纷纷地在人们的头上小便起来总不是一件好事。

《女曰鸡鸣》这首诗是在说公鸡。早晨是鸡鸣的时候,我们那地方把公鸡叫叫做"打明"。而从《诗经》往后历数近三千年,延安有出小秧歌戏叫做《兄妹开荒》,却说雄鸡是在唱,"雄鸡,雄鸡,唱呀么唱三唱,唱得那太阳红呀么红彤彤",其实它不唱,太阳也不会变紫,但人们要把这功劳给了雄鸡也不是没有道理。公鸡司晨,一如钟表。过去不分城乡地都在养鸡,除了有蛋吃,还不会睡过了头。

鄙人现在虽无法养一只大公鸡在家里,却买了一把大红的鸡毛掸子插在那里。再说公鸡,实在是要比鸭子好,起码它的毛还可以做掸子,鸭毛可以吗?好像不可以。

蜘蛛

不说明代的宣炉，只说当下，还是以陈巧生做得炉为好，我以前经常使用的篆香炉就是他做的，盖子做蛛网状，上边伏着一只蜘蛛。打香印的篆模就只四个字：唯吾知足。这个印模做得很巧，因为这四个字里都有一个口字，便把这个口字放在了正中，省略了笔画不说，看了还让人觉得颇具巧思。这个炉我现在很少用，主要是没有太多的时间来做灰打篆。比如我现在写这篇文章的时候手边就放着香，是那种电热的品香炉，放一点达拉干的沉香碎屑在里边，可以闻很长时间，还没有一点点其他的杂味。若不是做香道表演或喜欢那种情调，其实电热香炉是最好的选择。陈巧生的炉曾经想过要多买几个，但兴趣一消失，就不再想了。丰子恺先生喜欢收集篆香炉，据他自己说是见了就买，也不知到底买了有多少个。当时丰先生还可以到中药铺去买沉香粉，这真是让人羡慕。现在即使是北京同仁堂本堂的沉香，也没得一点点香气。

因为陈巧生的香炉而忽然说到蜘蛛，不免就说到画蜘蛛。画了多年的蜘蛛，那天突然发现蜘蛛原来是八条腿。而普天下的昆虫都只六条腿，还是羕斋衣禾告诉我。蜘蛛本来就不是昆虫而是节肢动物。从小看蜘蛛，想不到它居然会不是昆虫，居然不是蚂蚁苍蝇们的同属。天底下的知识信是学不完的。忽然又觉得蜘蛛应该是在水域里横来横去的螃蟹们的远亲，便想找相关的书来看看，却一时又找不到。虽然小时候几乎是喜欢各种可以捉到手的虫子，但蜘蛛却总不能让人喜欢，也没听说有人会喜欢蜘蛛。到后来读古典小说《西游记》，里边蜘蛛精们住的洞府叫"盘丝洞"，却觉得这个名字叫得好。虽然八戒会变做一条滑不溜溜的鲇鱼在蜘蛛精们的腿间股间钻来钻去，当时就觉得这个八戒真是相当让人讨厌。各种的虫子里边，蜘蛛可能是最不能让人喜欢。但蜘蛛又是无处不在，忽然间就不知从什么地方爬了出来，或者会空降兵一样从上方直垂下来。如果是极小的那种，民间就把它叫做喜蛛，如果是个头极大，说什么都无法让人接受。吴悦石画人物，喜欢在人物的上方画一只蜘蛛，是"喜从天降"，画一只蝙蝠便是"福到眼前"。蜘蛛跟喜有什么关系，至今遍查诸书都不得其解。而汉八刀的蜘蛛

/ 蜘蛛 /

是什么意思也不能让人知道,汉代玉雕里不但有蜘蛛,还有蚂蚱和螳螂,还有蚕。但未必都会有什么涵义。市上现在有卖宠物蜘蛛的,放在手上会占满一个巴掌,毛茸茸的。这种蜘蛛有幸在中国被当做宠物,要是在东南亚的泰国或者是越南,等待它们的命运是被人们用油煎煎吃掉。中国人的吃蝎子,泰国人的吃蜘蛛,让欧美人看了蹙眉蹴步不敢近前。这两种东西,一旦装盘荐上,我也会蹙眉蹴步。

再说蜘蛛,家大人会用香烟盒里的锡纸做蜘蛛给我们玩儿,搓个球,再用锡纸搓八条腿,是银闪闪的蜘蛛。及至后来,我也会给我的女儿做这种玩意。到了现在,那天,我看到我的女儿用包巧克力的金箔纸正在给她的儿子做蜘蛛。

在各种的虫子里,蜘蛛的打包技术最好,只不一会儿就会把落在网上的一只蚂蚱或一只别的什么给打包得严严实实,任你再有本事也逃不脱。

蝴蝶飞南园

"蝴蝶飞南园""池塘生春草"这两句古诗,已经记不清楚作者是谁了。原是两首诗里的各一句,但我硬是喜欢把它们当做上下联写在一起。又是蝴蝶,又是春草,又是南园,又是池塘,这两句诗真是清新而绮丽,无端端让人觉得满乾坤间都是春天的气息。

说到蝴蝶,不喜欢它的人很少。曾经在潘家园的旧书摊上买到过一本《唐五代词》,上海古籍竖排本的那种,书的主人在上边用铅笔做了不少批注,而更让我喜欢的是书里夹了不少花花朵朵和蝴蝶的标本,我想这本书是在其主人不知情的情况下被当作废纸卖了出来。里边的蝴蝶被压在书页里居然没有损坏,蝶翅上闪闪烁烁的宝蓝色真是好看。

那年去云南,有蝴蝶标本卖,一时买了许多。枯木蝶虽然是十分的稀有，但不好看，那种宝蓝色的大蝴蝶真是好看。后来在北京的潘家园又看到这种宝蓝色的大蝴蝶，一只已经要到二百多元。

说到蝴蝶，是不分南北的，南方有，北方也有，即如我小时候，经常去菜地旁边捉那种名叫"白老道"的白蝴蝶，白色的翅子上有两个小黑点，翅膀稍上还会有一点点黄。这种蝴蝶在菜地上飞来飞去令人眼花缭乱。而我小时候独喜在郊外才能看到的那种很小很小的蓝蝴蝶，翅子上有一排黄色的花纹，但这种小蝴蝶总是让人捉不到，又总是在你身边翩翩地飞来飞去。还有就是榆树上的一种大蝴蝶，金红的翅子上有宝蓝色的点子，华丽的不能再华丽，让人真是喜欢，小时候只要见到它就会跟上它跑，不问脚下深浅。

我的第一部长篇小说的书名就叫做《蝴蝶》，出版社为了好卖，又在"蝴蝶"前边加了两个字"乱世"——《乱世蝴蝶》。

幼时随家大人去看越剧的《梁山伯与祝英台》，看来看去只是唱，让人觉不出什么好，只是看到结尾处梁山伯和祝英台忽然化作两只蝴蝶飞出来才有一点点让人开心。

印象中，蝴蝶总是在飞，不停地飞，而那次去云南，我却遇到一只不肯飞的蝴蝶，它只落在你的手上，你把它挥去，它又落过来，这真是怪事一桩，后来我把它移交给舒婷，舒婷就让它落在她的手上把它带到了车上,后来的故事是舒婷告诉我那只蝴蝶在她的背包上产了许多晶晶莹莹的卵。这是一只急于生产的蝴蝶母亲。

蝴蝶好看,但不易画,画家于蝴蝶,实实在在是一件让人头疼的事,越漂亮的蝴蝶画出来越假。白石老人也只那种黑色的蛱蝶画得好,一笔、两笔、三笔、四笔即成。若是花蝴蝶,起码是到了老年后白石老人很少再画。近百年来,只靖秋女士的蝴蝶画得不俗,靖秋女士是清道光帝的曾孙女,溥雪斋的亲妹妹,真正的金枝玉叶。我见她一把扇面,上边落三只蝴蝶,用色勾线果然轻灵可爱。

吾乡有句话,英雄莫问出处。说到蝴蝶也是,蝴蝶虽漂亮,但你莫问蝴蝶之出处,再漂亮的蝴蝶当年都是毛虫,几乎无一例外。所以,我们只说它现在的如何漂亮即可,不说它过去是如何蠕蠕地来去。再漂亮的蝴蝶,只是它今天漂亮,而它们的过去,无一不是害虫。

红蜻蜓

  城里的节日向来像是要比乡下多一些,有些日子虽说不上是什么节日,也竟让人喜欢。比如六月六,这本不算是什么节日,乡下这一天怎么过?鄙人是不得而知。但在城里,一是要晾晒衣物,皮毛棉麻,一起出来见见太阳。二是要吃一顿西葫芦炖羊肉,再差也要包顿西葫芦羊肉馅儿饺子。这就显出它和其他日子的不同,也竟像了节日。

  孩子们的开心还在于晚上可以看流萤,白天看蜻蜓。民间所言,六月六,百虫出。吾家旧居紧邻护城河,蜻蜓像是多一些,但多是那种蓝蜻蜓和黑蜻蜓,即至看到红蜻蜓还是多年以后的事。京华护城河一带,到了夏日的傍晚,红蜻蜓成百上千,什刹海那边也一样。两年前在桂林,塘里的荷花早已开过,只剩下一塘的枯荷,却照样有红蜻蜓飞来飞去,桂林这边的红蜻蜓小一些,飞来飞去格外的红。

蜻蜓是昆虫里的飞行高手,可以在空中飞飞停停,一动不动停在半空,然后再飞,这本事别的昆虫没有。蜻蜓的头大,而眼睛更大,水灵灵的,所以鄙乡有称蜻蜓为"水包头"的,想想,真是很形象。

小时候喜欢蜻蜓,却总是让你捉不到,记得有一次母亲不知从什么地方给我捉了一只蜻蜓来,兴冲冲地拿给我,现在想想,母亲是怎么小心翼翼地捉到的那只蜻蜓?只此一件事,总让人忘不掉。

关于蜻蜓,还记着邻居家王姨有一只玉蜻蜓,但不是汉玉的那种,是首饰,翅膀会动。而真实的蜻蜓不唯翅膀会动,头也会动。蜻蜓的头和身子相连的地方像是有个轴,转着动,样子十分滑稽。

年轻的时候,曾梦想着去做一个昆虫学者,手里有那么一个捕捉昆虫的漏头形的网,一边走一边挥动,蝴蝶蜜蜂纷纷落网。及至老大,再没了这种想法,但偶尔一两只蜻蜓飞来,或忽然落于眼前,还有要把它捉住的想法。还有那种叫豆娘的小蜻蜓,宝蓝色的身子,翅膀却是黑的,一旦落下,翅膀就会合拢收在背上,这和蜻蜓大不一样。蜻蜓落下来的时候翅膀不会收拢,只会稍稍向下垂着一点。

/ 红蜻蜓 /

说到蜻蜓，其实真没有什么好说，有池塘的地方照例就会有蜻蜓，蚊子多的时候抓一只放在蚊帐里它会把蚊子全部吃掉，这真是比任何的药物都好。龙安堂堂主画家耀炜说下一回你该写一写蜻蜓了吧？我就觉得是该写一写。这真是很怪的事情。

画了那么多蜻蜓，对蜻蜓以为了如指掌，但翻看昆虫图册，才知道还有全白的蜻蜓。鄙人画蜻蜓，多配以枯荷，有不少朋友还屡屡问道荷花枯萎了还会有蜻蜓吗？这就又让我想起了桂林。桂林是个好地方，风光好是自不用说，马肉米粉之好也是别处少有。北京街头也有桂林米粉店，味道可真是差得太远。用陈绶祥老兄的话是："那是米粉吗？那是味精拌面条！"他有资格说这话，因为他是桂林人。其实以鄙人的经验而言，只为去吃一碗马肉米粉，也值得去一趟桂林。当然，一路坐船在漓江上还会看到许多的小红蜻蜓。

知了

古埃及的蜣螂和中国古时的蝉,都是神秘的了不得的昆虫。它们的存在,都像是与人的生死分不开,所以人们要口含或在身上佩戴了它才肯去另一个世界。蝉的俗名要比蜣螂的好听一些,叫"知了",而蜣螂在我们的民间只被叫做"屎壳郎",屎壳郎这三个字要是让古埃及的人听了肯定会生气,会觉得这是对他们的一种冒犯。真是不知道他们为什么会把屎壳郎当做护身符。屎壳郎也会飞,"咛"的一声飞起来,但好像总是飞不太远。而且它们总是出现在一大摊一大摊的牛粪旁边,不是一只两只,是许多。在牛粪里熙熙攘攘好不热闹,像极民间的赶集。蜣螂的绝活儿是头朝下两条大腿朝后去滚动粪球,纷纷地滚着,纷纷地四散而去。

屎壳郎和知了的最大区别就是有人吃知了,而却没人吃屎

/ 知了 /

壳郎。知了不但能吃,还上得席面,请客吃饭上一盘没人会说不对。两个朋友喝酒,来一盘就像吃花生米那样吃起来也不错。但以之下饭好像就不怎么对头。当然你非要拿它配一碗白米饭也不会有人说你不对。

有人讨厌知了叫,嫌它吵,我却喜欢。夏日将睡未睡之时,窗外知了密集的叫声朦朦胧胧让人觉得外边是在下白亮急骤的猛雨。

古人,据说是孙膑,他的三十六计中有一计就是"金蝉脱壳"。至于怎么脱,他没讲。中药店把蝉脱掉的壳叫"蝉蜕",许多的昆虫都要脱壳,只要脱掉一层壳才会变做成虫。许多的昆虫脱壳,而唯有知了脱的壳完整,完完整整一个壳伏在树枝上。你远远看还会以为一只蝉待在那里,其实只是一个空壳。蝉蜕可以散风除热,嗓子疼,眼睛看不清的病症往往要用到它。画家画蝉蜕,只用赭石,深深浅浅画出来,颇不难看。

古人认为蝉之生性高洁。在其脱壳成为成虫之前,它一直生活在污泥浊水之中。一旦脱壳化为蝉,飞到高高的树上,据说从此只饮露水。只此一点,令古人十分推崇,并且以蝉的羽化比喻人之重生。如将玉蝉放于死者口中,寓精神不死,可以再生复活。而把蝉佩于身上表示高洁。因此,玉蝉既是生人的佩饰,也是死者的葬玉。玉蝉分三种,一是佩蝉,顶端有对

穿；二是冠蝉，用于帽饰无穿眼；三是含蝉，在死人口中压舌，体积较小，不过一寸余长，刀法简单没有穿眼。含蝉佩蝉之风以战国时期为盛，汉之后渐渐式微。汉八刀的玉蝉简洁大气，边缘之锋利，可当刀子使。

　　蝉的名字很多，鸣蜩、马蜩、蝼、鸣蝉、秋蝉、蜘蟟、蚱蟟，而我们的民间只叫它"知了"，概因为它的叫声是一连串的"知了知了知了知了～"能叫的蝉都是雄性，雌蝉从不开口。

　　昆虫的世界里，寿命最长的蝉是"十七年蝉"，记得像是日本作家岛崎藤村写过关于它的文章，但这种蝉却是只生活在

/ 知了 /

北美洲,它们在地底下整整蛰伏十七年才始出,尔后附上树枝蜕皮,然后交配。雄蝉交配后即死去,母蝉于产卵后亦死掉。科学家解释,十七年蝉的这种奇特生活方式,为的是避免天敌的侵害并安全延续种群,因而演化出一个漫长而隐秘的生命周期。

埃及人把屎壳郎当作护身符不知道有什么说法,但屎壳郎肯定的一点是不会叫,也不会潜伏在地下十七年。它们整日只知道滚动粪球,更比不上蝉的高洁。

一直想找一块玉蝉佩在身上,但一直找不到。碧琉璃的含蝉倒是见过几品,但那毕竟不能佩在身上。再说到蝉,个头有大有小。吾乡之西边山上出小蝉,只比蜂子大不了多少,捉一只放在两手中握住,叫声只做"吱吱吱吱",且让人手心发痒,一旦放开,"吱"的一声,转眼不知所终。

白石翁的蜣螂

人有小名儿，虫子也一样，蜣螂的小名叫屎壳郎，蜣螂只是它的官名。小时候玩虫子，蜈蚣、蝎子、马蜂之外，碰到什么都玩，当然蚂蚱、知了和蜻蜓最好。

周作人先生儿时玩儿苍蝇，尚有"红官帽，绿罗袍"之说，当然是指那种红头苍蝇。说是红头苍蝇，其实也只是两只眼睛红。苍蝇的眼睛很大，要占去头的三分之二，所以猛地一看便好像整个头都是红的。民间的"红头苍蝇"一说，实在是一种远远望去不加细究的一种概括。还有一种绿蝇子，通身是碧绿的，着实不难看，绿苍蝇如果再配上红头，那便是上品。小时候偏爱逮这种苍蝇，可这种苍蝇往往又让人看不到，不知它们整天在哪里打发它们的日子。苍蝇不仅仅只是往不干净的地方去，花开的时候它们也会往花心里钻，想必它们也知道蜜是甜的。

曾经看到过明代的头饰，用《金瓶梅》里的话是"草虫头面"，其中就有蛐蛐和苍蝇。我看到的那只是金苍蝇，做得真是好，极是写生，翅膀、头、腿无一不精，和真苍蝇一般大小。还有就是看到过古埃及的首饰，也有苍蝇，长三角形的小翅膀做得真是好。

想查查以苍蝇做首饰有什么寓意在里边，但一直到现在都没去查。而屎壳郎在埃及是圣虫，倒是查过，像是有重生和长生的意思在里边，而到底是重生还是长生现在却又说不清了。

屎壳郎在古埃及常常被做了护身符，用青金石或绿松石，图坦卡蒙的墓里就出过很漂亮的屎壳郎护身符。屎壳郎在古埃及被人之看重一如中国古时的蝉。屎壳郎好像还是一味中药，这也得查一下。中国的《本草》不止一部，应该查哪一部，让人不得而知。小时候在上学的路上看到屎壳郎，便一定会蹲下来好好看一会儿，看它在滚一个粪球，有时候是两只屎壳郎在同时对付一个粪球。这是很好玩的事情，它们到底要把粪球滚到什么地方？是往家里滚吗？它们的家又在什么地方？也可以说它们的家到处都是，也就是，就地挖一个坑，把粪球埋到那个坑里，那就是它们的家，当然这都是后来才知道的事。在野外，想找屎壳郎不是什么难事，只要有牛粪就会有屎壳郎，一大摊牛粪往往会招来很多屎壳郎。屎壳郎会飞，身子一欠，翅壳子打开，"嘤"的一声平地而起，转瞬不见。

　　白石翁画草虫，几乎什么都有，而惟有飞动的蜜蜂最为老画师看重，定润例也会特别另加一条，凡加画蜜蜂者，每只多加五元大洋云云。白石翁亦画过屎壳郎，曾看到过一幅，画面上有淡赭石勾的几笔碎草，一只屎壳郎在那里推着一个粪球。落款却极为有趣，原话记不大清了，其中有一句是，予年老，想老汉推车亦不能也。几近隐语，令人一笑。老画师率真如此，别人还能有什么话好说？

笔砚即文章

胭脂考

少时读《匈奴民歌》,及至读到"失我胭脂山,令我妇女无颜色"这一首,便令人做无尽想象,只想这山上到处是胭脂。及至后来才知道胭脂只是一种草的提取物,再后来查诸书,知道匈奴民歌里所说的胭脂山上产一种花草,名字叫红蓝草,能做染料。《五代诗话·稗史汇编》上所记如下:"北方有焉支山,上多红蓝草,北人取其花朵染绯,取其英鲜者作胭脂。"这里有一个问题,好像是这种草整株的取来都能用,花朵可做绯色染料,而叶子倒用来做胭脂?古代的美人或不怎么美的妇女日常生活像是都离不开胭脂,鄙人家中曾旧藏两个唐代的小胭脂银盒,一个鎏金的,有墨水瓶盖大小,上边自然是花草飞鸟;一个纯银的菱形盒,略比火柴盒小一些,上边的图案也不外是花草飞鸟,当年都是放胭脂的。那一年南京两位女画家杨春华和

/ 胭脂考 /

吴湘云上门来喝茶作画，便翻出来送了她们，看别人喜欢，我自己亦喜欢。《红楼梦》中的小丫头调笑宝玉，想不起是哪一位了，说的话就是"我这里的胭脂你不来吃一吃"。一张脸，胭脂能抹到哪里去？我们那地方，把亲嘴叫做"吃老虎"，北京叫"哏儿一个"，"接吻"是洋派的说法，翻译小说的滥觞。

  说到胭脂，凡画花鸟的都离不开。好胭脂，调淡了十分娇艳，说不出的那个娇艳，画海棠离了胭脂就不行。调浓了会厚到没底，一眼不到底的那种艳丽，但还是通透，不是一片死颜色，用胭脂，最好是膏，密封它，不令它干掉，干掉再用水兑胶重新调过，便不好使。去苏州，第一件事就是去找胭脂，姜思序的当然最好。朋友送我一点清代的老胭脂，更好，画萝卜调一点，旁边的草虫一定发呆。民间的过年过节蒸大馒头，馒头上要点梅花点，雪白的馒头，用胭脂一点，喜气便出来。过年过节，小小孩儿的额头眉心也要用胭脂点几个点，也煞是好看。在鄙乡，民间把几乎所有的颜色都叫做"胭脂"。早些年的衣服，颜色旧了就要染，灰的染蓝，蓝的染黑，粉的染红，红的染紫，总让人感觉是新衣服在身。染衣服就要去买染料，若哪位是去买染料，你要是问她："做什么去啊。"她会说："去买点胭脂。"没有人会说是去买颜料，或是说去买染料。那年去印度，让人眼睛看不过来的就是到处可见的各种一大堆一大堆的颜色，我想看有没有胭脂和洋红，但独独没有这两样，印度那些一堆一堆的颜色不是用来作画和染衣服，而是五花六绿全部下肚子。也有用丹砂粉来点眉心，赤红无比。

　　胭脂在古代不便宜，即以唐代的物价而论，当时的一两胭脂值九十文，而上等的沉香才值六十五文。我作画，素喜古法胭脂。清邹一桂《小山画谱》中载"胭脂"一条："法用红蓝花、茜草、苏木以滚水挤出，盛碟内，文火烘干，将干即取碟离火，干后再以温水浮出精华而去其渣滓则更妙。初挤不过一二，再挤颜色略差，烘之以调紫色、牙色、嫩叶、苞蒂等用，至点染花头必用初挤。"

　　古法上品胭脂膏现在市上已找不到，或有售小干块儿者，加水兑胶均难如人意。

草纸帖

我这里说的写字,如果不是对外国友人说此话,一般人马上都会明白是在说用毛笔写字。在中国,民间或不民间的官方教育都比较重视写毛笔字,写好写坏不说,受过教育的人总是摸索过毛笔。因为写字而被用板子打手的感受我想许多人都曾有过。我从小写字,入手当然会是描红,描来描去便慢慢明白其中横平竖直的规矩。至今鄙人写字还是喜欢用那种最最便宜的毛边纸,毛边纸的好是因为它淡淡的黄颜色让眼睛很舒服,其次它也便宜。不像连史纸那样容易一写就破,好一点的毛边纸写了正面可以再写反面,这就是练字。写字在中国,是最最简单的事,人人都可以写,不是谁家的专业,也不是谁家的祖传营生。但要是想写好,那就得反复练写。

小时候去城东的五十里铺,那里就有专门做麻纸的作坊,一面一面的土墙上都贴着不少未干的麻纸,但老天这时候最好不要下雨,若是这时候偏偏下起雨来,纸又未干,揭又不好揭,让雨水一淋都会坏掉。好在北方的雨没南方那么多,碰到好太阳,用不了多久就会干了,一张一张揭下来。这种纸的结实是现在的人想象不来的,只要不被水湿,想撕开它还不那么容易。麻纸的作用实在是很多,除了写字还可以裱糊,卖麻纸的店铺不是什么文具店,而是土产商店,可见它真是土产。过年的时候一刀,两刀,或几刀的买回去,打扬尘和换窗户纸。虽说麻纸怕雨淋,但用它糊窗户雨还淋不坏它。画家用麻纸作画的并不多,但现在要想找几张老麻纸还真不容易。做麻纸的原材料是那种可以长很高的苎麻,苎麻的叶子和麻秆一律黑绿黑绿的,麻籽炒着吃很香。下乡开会,一边喝白开水一边吃炒得很香的麻籽,现在想想,几乎像是一种享受。有一种叫声并不那么好听的鸟,俗名蜡嘴,小嘴是红的,很好看,专门嗑麻籽。而有些鸟本来不吃麻籽,但它们上了火,用养鸟专家的话是上了火,拉不下屎,便给它们连着喂两天麻籽,让它们拉。

　　从小写字,所用的笔与墨都是最便宜的那种,笔是"横扫千军",墨是"金不换",这两个牌子鄙人是永远不会忘掉。北京琉璃厂荣宝斋里现在有卖"金不换"墨锭,很贵。刻着"横扫千军"这四个字的笔也有，但笔杆上边的字已经是电脑所刻，一点点味道也没有。红星牌子的宣纸现在是越来越贵，如果买十刀八尺的，其花费大致可以去乡下娶个拙胖的媳妇。

　　从小写字写到现在，而总是觉得自己不会写。家大人那时常说的一句话是"再不好好儿写长大去当抄书匠"。而现在想想这句话，像是让人不大好理解，字写得不好岂能去当抄书匠？或者可以解释为"你怕写字，长大了就非让你去找一份写字的工作。"但字写得不好会有人给你这份工作吗？古时候抄书是能养家糊口的。《宣和书谱》记："吴彩鸾，太和中进士文萧妻，萧拙于为生，彩鸾以小楷书《唐韵》一部，市五千钱，为糊口计。钱囊羞涩，复书之。"古时这种专门抄书养家的叫"抄书匠"，而专门抄经的却似乎要高一等，叫"经生"。《法苑珠林》卷七十一记："唐龙朔三年，刘公信妻陈氏母先亡，有一经生将一部新写《法华》，未装潢，向赵师子处质二百钱，此经向直一千钱。陈夫将四百钱赎得，装潢周讫，在家为母供养。"鄙人不知道《唐韵》和《法华经》的字数各是多少，所以很难说哪本书贵哪本书不贵，再说他们也不是一个时代，但在古代抄书能挣钱是不争的事实。

　　小时候写字，还有一种更为便宜、更为粗糙的草纸，纸色简直是一派金黄。除了小孩儿学写字用它,人们如厕也要用到它。做这种纸用蒲草,有时候人们又会用它来包点心。吃点心的时候有时会发现点心上粘有蒲草的毛毛,但这不碍事。那时候的人们没有太多的毛病。

铁如意

我在辽代始建的华严寺上院陆陆续续住过大半年，所以对那个寺院至今怀有它处无法相比的亲切。其实也就是于日中的时候睡一觉，然后老和尚该去做什么就去做什么。比如他去种他的菜，我自己当然是也有自己的事做。而唯有方丈室里供一颇大的石头如意让我至今不解，如意前有一炉香，竟也日受一香，这简直是没有典故可查。

小时候读《西游记》简直是喜欢极了，民间之百物几乎都可以在《西游记》里做道具。比如一个铃铛，只要妖怪摇一摇，里边即刻就会放出火来。比如一个瓷瓶，只要一妖怪做法任什么东西都能被收进去。八仙之八位的手里也大多有东西给拿着，蓝采和的檀板和铁拐李的葫芦或是一枝荷花一个花篮到一定时候都会变得法力无边。而如意却好像是没有被什么神仙当过法器，至今并没有十分留意地去查，但也时时留意，却没有神仙或者是妖怪专门拿它来做法器。清代许多的版本都记载着宣统皇帝选后时手里拿着一个如意，当然应该是他看准哪一位就把如意递到哪一位的手里，而后来却终不能如意。

如意最早就是人们用来搔痒的"痒痒耙"，这是人们都知道的事情。比如你百般地搔不到你背后的某处，只须用"痒痒耙"搔一搔，其痒立绝，那感觉真是如意。我母亲大人曾经用过的痒痒耙现在还在，一柄是竹子的那种，一柄是红木的。而红木的那个虽然贵一点却不如竹子的好用。痒痒耙几乎家家都有，百货店里也不会忽然一日没了卖。所以家里没有此物的朋友大可去买一个回来让自己如意如意。如意作为一种完全不再有什么用处的物件从痒痒耙演变而来，却不能再用来搔痒。去年过年的时候朋友请画一幅《平安图》，自然是画一瓶一如意。这种画只是应景，没人能够画得好。

从可以搔痒的痒痒耙讲到如意，忽然又想到了古时的一个故事。这个故事好像是与德州地面的那位东方朔老先生有关，民间说他看到了麻姑献寿的那双手，说此手正可搔痒也。东方朔和麻姑又恰恰都好像是与桃子有关，东方朔是偷桃，齐白石画过的，麻姑是献寿，两只手捧一枚特大的桃子，齐白石也画过的。这个故事怎么讲？一个偷一个献，虽然不是一个时期的人物，但不妨编在一处让他们热闹，时下电视剧也喜欢做这样的混搭。去年鄙人在德州，曾问过东方朔的事，作家徐永也并没有把这个故事讲清。但今年似乎再去德州可到东方朔墓前一拜，如果有特大的桃子，不免献上一枚。

话说到这里，是要给东方朔正正名的：葛洪《神仙传》载，东汉桓帝时，仙人王方平、仙女麻姑降至蔡经家。蔡经见麻姑手指纤细如鸟爪，心中念言："背大痒时，得此爪爬背当佳。"王方平已知蔡经心中所念，即使人牵他来鞭打，对他说道："麻姑，神人也，汝何思谓爪可以爬背耶？"可见说麻姑之手可搔痒的并不是东方朔老先生。

北京的"仿膳饭庄"主食里有一品"如意卷"，其实并不像如意，但名字好听，所以点它的人也颇多。

有清一代，逢年过节或过小孩儿的生日、老人的过寿日十分盛行送如意，纯金镶宝的，纯银烧蓝的，或是玉雕的如意都曾经在故宫举办过的专题展览里展示过。而民间更多的如意却多为竹木，或干脆是生铁所制。画家粥庵某年曾在他的画室里示我一柄铁如意，修长且不说，通体髹红漆，其漆虽斑驳却俞见古意，手握之处有一穿，可穿丝绦在里边。只这一品红漆斑驳的铁如意，如时时带在身边，是好处无量多。第一可以以防不虞，若走夜路，蟊贼侧出，以其击之，一击两击乃至十击二十击亦不失其雅致。或者是吃核桃的时候随便拿出来敲敲磕磕，比现在市面上所售之胡桃夹子不知道要好到哪里去。

墨迹

鄙人喜欢老器物上的墨迹，而家中老器物却实在是没有多少，而有墨迹的就更少。有墨迹的最大之器便是北魏时期的一具石棺，也只如一个大石匣子，当年是用来盛放骨殖的。上边的棺盖里边写有墨字五十八个，墨迹如新，一如刚刚写上去。上面提到了《木兰辞》里边讲到的明堂，"归来见天子，天子坐明堂"，这个明堂在鄙人所居住的小城的南边，是原来的一所大学的西侧。现在的遗址上又重新修了一个据说和当年一模一样的明堂，但让人看了总觉不像。这个石棺后来送给了一个在云冈石窟搞历史研究的朋友。

说到墨迹，古人的墨迹能让现在的人看到的其实并不多。所以除了写在纸上的，那些不是写在纸上的墨迹也显得弥足珍贵。鄙人有一阵子热衷于收藏这些东西。比如青花瓷的碎瓷

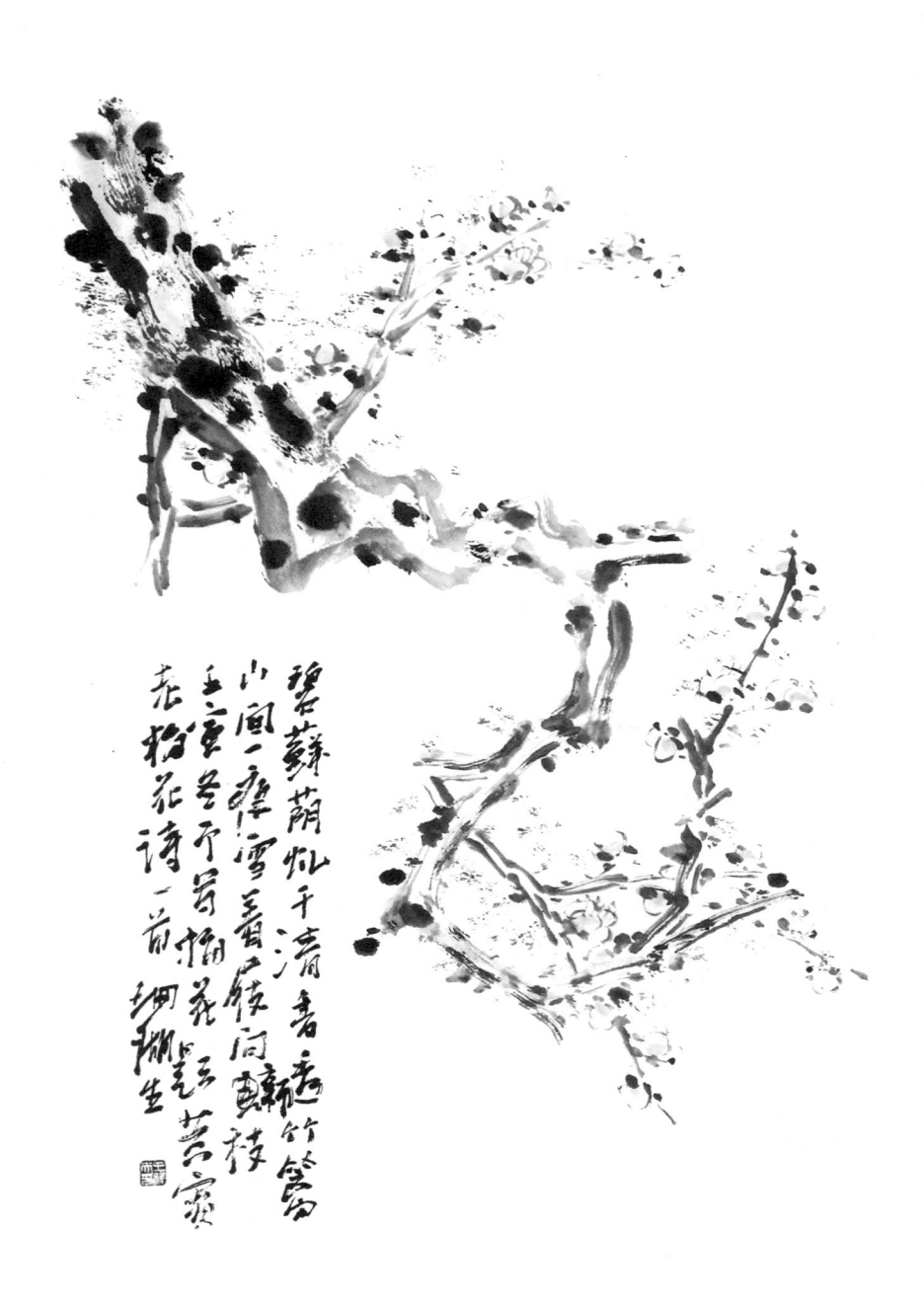

碧蘇蘭姒千清香逾竹籟兮
小鳳一聲雪暮寒侵同歸枝
壬寅冬月寫梅花並寫
老掄花詩一首 珊珊生

最爱孤山雪後来栽树
梅花水瘦裁著花不逸
三五朵偏向人意冷香
开 壬寅年初冬日课毕
日以倣擦酸心天尚晴暖
亦无法趣去倣部外游
也左室右一带栏庭叶
铺金尽于破射控闭户
巳二个半月有余年栢花
开时真正不出门也
知老僧闲闷罪梅花心
盘孤赏在亲林和清兄
出诗二言 珊瑚堂

片，上边几乎什么图案都有，而最让人喜欢的还是莲花和西番莲，还有"婴戏图"中的婴孩。这样的一小片青花瓷碎片，用银子细细镶了边，若和藏青的粗布衣服搭配了煞是好看。

而我主要是喜欢那些有字的碗底，民间工匠们的字，因为书写极度熟练而且天天要大量地书写而产生了一种极其流丽的美，一笔下去，绝不犹豫，而且亦婉转顿挫、知行知止，当代的大书家也未必来得了。

辽代的鸡腿子瓶上边的字也好看，上边多是些工匠的姓名。古时的女人们生起孩子来总是雨后春笋般的"层出不穷"，杨家将故事里的"七狼八虎"便是一个例子，七郎、八郎或十几郎，现在听来也不难听，但在古时却绝非什么好事。试想一对夫妇，生十七八个孩子，而且个个都活蹦乱跳的，吃饭便是个大问题，更不用说做母亲的还要日日不停地绩絮、纺织、缝补、浆洗，再加上洗菜淘米。辽代的鸡腿瓶上便常常有几郎几郎造的字样。古时的户籍登记是怎么回事现在已经让人无法明了，但孩子多，起名字却是个麻烦事，所以几郎几郎一路叫下来也是方便。古代工匠做活计想必也是计件，做多少件，得多少工钱。比如北魏时期出土的筒瓦，上边往往刻有人名，大致应该是谁做的就会把自己的名字随手刻上去，到最后加出个总数，得到应得的工钱。而这上边的刻字，用学者的叫法是"瓦刻文",这些瓦刻文也都因为刻得多了极度熟练而精彩。这样的字,慢慢看过来,那种因极度熟练而精彩的效果是当代书家无法做到的。有些字你想不到会那样写,更多的还有异体字,也格外好看。

还有就是老瓷器上的墨迹,往往写在碗底,有时候拿一个这样的碗在手里,想不通的是天天吃饭洗碗,上边的墨迹怎么会硬是洗不掉?碗底写字用民间的话是"做记号",一种情况是买来碗在碗底写上自己的名字,别人想拿也拿不去。另一种情况是大家庭分家,各房分一大堆瓷碗瓷盘抱回去,为了好区别,便一一写明哪些是属于自己的。也有在罐和瓶或其他用具上边写上格言之类的话,如"无耳不烦",这四个墨字便是写在一个红色的汉陶罐上,这陶罐果然是无耳,古人的幽默也于此可见。

文房四宝的墨是什么人发明?这个无史料可查,不像蔡伦的造纸术,所以直到现在,谁都不知道全世界是哪个国家最先发明的墨,而那黑黑的墨迹又是东南西北无处不在,即使在埃及或印第安也能见到。

再说到古董,只要是上边有墨迹,我便会先凑过去看一下。那次去陕西省历史博物馆,一个专门用来放炼丹材料的银药盒盖上便写有墨字,凑过去看,墨迹之清晰让人似乎能够闻到墨香。若无那几个字，那也就只是个银盒子而已。"文字的最大功能是能够开启人的想象"，这句话不知是谁说的。古器物上的文字非但能引起人的想象，而且仿佛还有墨香的存在。说到这一点，古人写诗也有照顾不到的地方，如古人的名句"草木发幽香"，这又岂止是草木的事？

再有一件事，就是当年母亲大人腌鸡蛋，是自己家养的鸡下的蛋。那时候吃什么都要靠供应，所以只要有可能家家户户都会养几只鸡。这倒无分城里或乡间，即使在北京和上海，有条件都要养上几只。自己家里养鸡生蛋，自然是慢慢地下、慢慢地积攒，然后再分批地腌。所以母亲大人总是在鸡蛋上用毛笔写上某月某日的字样，吃的时候好把早些时候腌的找出来。鸡蛋上这样的墨迹说来也怪，放在盐水里很长时间居然也不会掉，墨真是很奇怪的东西。现在收藏老墨的人很多，但研究墨在全世界分布或使用情况的专著却没见有过出版，也许有人在研究，这却让人无法得知。如有人在写这样的书，希望里边有在腌鸡蛋上写墨字这一条，把盐水与墨的关系一并说清。

说到用墨，还是以研墨为好。而把古墨说得神乎其神却是一件十分好笑的事，墨一过五六百年，若再用有诸多不便，蘸在笔上一如以笔濡沙。但新出的墨胶往往又太重，而如果把它放上二三十年，却是最好用的时候。

砚田

鄙乡把砚叫做"砚瓦",发音听来却是"阎王",此音定是很古。及至后来陆续在鄙乡古董肆收到几方辽代的澄泥砚,形制俱做"风"字,见棱见角,击之做金石声。砚背往往是竖两排各四字的作坊字号"西京东关 小刘砚瓦"。鄙乡之东关临河,此河当年水大流深,做澄泥砚怎么离得开河?他乡只叫"砚",鄙乡却叫"砚瓦"是由来已久,至今听来,殊觉亲切。

小时去学校上课,有一节课便是写仿。先从红字描起,然后再慢慢进阶到用麻纸,那时的麻纸真是结实耐用,正面写完再写反面,老师在上边用红笔再勾圈。两面写完,那麻纸还有用,过年刷房打扬尘离不开此纸。至今想来,犹如一梦。

小时写字,使一铜墨盒,很小,正方,盖子很紧,里边放些丝棉。家大人总是让把墨在家里先研好,再倒在铜墨盒里。

有丝棉在里边，即使路上不小心打翻，也不至于泼洒。没有铜墨盒的同学便只两手端了上边有一个尖尖小嘴的石砚，走路俱是小心翼翼。那时用墨，便是小锭的"金不换"，那时好像也没什么墨汁，写字必要研墨。"金不换"至今听来亦不觉其俗，倒觉其好，有劝导之意在里边。若是大锭的墨，便必要用薄纸卷紧打蜡封死，用得时候研一阵便把纸慢慢剥下去一点，墨便不开裂。现在我用的墨是二十世纪七十年代上海厂的老墨，一盒六锭都用纸蜡封固，用一锭开一锭。如剥糖果，其香湛然，积习如此，再难改变。

从小用砚，是家中的一方老端，洗净做猪肝紫，上边刻有瓜和瓜蔓。每上写仿课，总是先用这个砚把墨研好。这砚却没有那尖尖的嘴，研好的墨汁往铜墨盒里倒总是会弄得淋漓满手。家大人会说："快快快，出去洗，出去洗。"出去去什么地方洗？去葡萄架下的水池里洗，一洗两洗，池水俱黑。

小时用墨，总是"金不换"，这非但只是鲁迅老先生在那里用，是人人都在用，不值得就此做什么文章。用笔，总是"笔扫千军"，其实是很一般的笔，还要有一个铜笔帽。有时候毛笔的笔头掉了，家大人会用一点点熔化后的松香再把它"焊"在笔杆儿上边。这"焊"字用得真是好，听起来让人觉着亲切——"用松香把毛笔笔头焊一下"。那时候，笔头总是掉，家里总是有那么一大块松香。

现在用砚，积习难改的是还总是用那个小圆砚，如洗净，此砚亦做猪肝色，却很发墨，上有一圆盖，圆盖上刻一枝梅。多少年用来，好像是，若想换一方砚来用就有些对不起它的意思在里边。曾听李国涛先生说，他小时候家里的砚可以砌一堵小墙。他的父亲画山水学四王，他把画拿给我看，笔墨真是清爽得很。

朋友之间送砚送笔送纸，真是风雅得透彻。而许多的砚其实现在都很寂寞。杨春华女士上次来家闲坐，说她没事玩壶，一把一把轮流当值在手里摩来摩去，终至包浆日厚，我的习惯却是隔一段时间就把砚拿出来摸摸看看。在心里竟生出一些惭愧之意，若轮着用它们，一时还怕用不过来，虽说现在把砚放在水龙头下"哗哗哗哗"地洗很容易，但也是给自己找麻烦。家有百砚，要用的也只那一两方。

金冬心的文集里最好看的文字，我以为是那些牛肝马肺俱有品题的"砚铭"，起码是我喜欢。砚之上品，我以为应该是非方即圆，方圆之下，长方亦可。

花笺

杜工部的两句诗：烽火连三月，家书抵万金。今人读来想必已多不解其味。手机的出现，人们已不再需要用书信传递什么，所以写信已近乎奢侈。

以前常见有老者坐在街头，面前一小桌，备有纸笔，是代人写家书的。一封信写完还要算一下，一张信纸多少钱，笔墨要多少钱。其实相加起来也没几文，五分或一角，但让人感觉古风的存在。现在这种人少了，但还是有。上次随友人去桂林的大圩古镇，在桥边吃了一回美味的螺蛳，螺蛳壳子一时被吐得噼噼啪啪。然后独自去转，忽然就在街角看到一老者端坐在那里给一乡下人写信。虽然手里是一支圆珠笔，却让人感觉时光像是一下子倒退了许多年。一个低低地说，一个静静地写，真是岁月安稳。

/ 花笺 /

> 废纸一小片画只小蝇耳天
> 渐寒凉莫打也晓出家人手
> 中棕绳拂尘将拂生而执之
> 每有牧坨择之令之去也
> 珊瑚生画题

在过去，写信是生活的一部分，除了有急事去拍电报，一般都是写信。找出纸笔，字斟句酌地写好，再细细看一遍，改改不对的地方，然后再出门去投寄。如果外边下雨还要备好伞备好雨靴，邮局不在附近还要打出租。到了邮局贴邮票，再投到邮筒里去，还不知对方能不能收得到。

现在的文具店里也许都不会买到信纸，更别想买到那种印制精美的花笺。说到花笺，常看鲁迅的书信集，文物出版社刊行的那种大本影印集，翻来翻去，就喜欢看他用花笺写的信。

说到花笺，现在在北京琉璃厂还有得卖，价格已相当昂贵，买来也只能当做收藏品。用来写信一是有些贵，二是写给谁？是七弦虽在，知音难觅。鲁迅先生和郑振铎当年印过《十竹斋笺谱》，现在想见到原版不太容易，已算是稀有的古董。

说到书信，搬家的时候，我特别留意朋友们给我的信，但每次搬家都免不了要丢东丢西。有时候，怕什么东西丢了，把它小心翼翼放在什么地方，而最后偏偏它就丢了。这次搬过家，一幅三岛由纪夫的毛笔字怎么也找不到了，是写在一张十六开那样大的纸上，是两句唐诗。还有赵朴初先生给写的堂号，两个字加上赵先生的名款。还有沈从文先生的两封信。当时接到沈先生的信是十分的意外和激动，给沈先生写了信，想不到他会回信，但打开信封后又十分失望，本希望沈先生是用毛笔来写，想不到却是蓝墨水钢笔字。还有汪先生的扇面，一面是桂花，一面是写杨升庵的那首诗，也找不到了。这就真是让人很怕再搬一次家。搬家其实如同战争，一切秩序都被打乱，多少年尘封的东西都给抖搂出来，而从这个家搬到另一个家以后你会发现许多东西不翼而飞。

说到笺纸，最著名的莫过于薛涛笺，但谁也没有见过，只

/ 花笺 /

能靠想象。而清代至民国，是笺纸的鼎盛时期。鲁迅写信多用白纸或八行，行宽字小，格外有趣。被陈丹青一再地称为"大先生"的鲁迅有时候也用花笺，比如写给许广平起首为"乖姑"的那封，是山水的图案，但鲁迅给别人写信也时用花笺，比如给台静农、给小峰，尤其是给台静农的那几封，花笺上的山水图案是寥寥的几笔，却淡远。但最多用到花笺的还是给许广平，比如起首叫许广平叫"乖姑"，"乖姑"下边再加一爱称"小刺猬"的那一封，选用的笺纸一张是枇杷，一张是莲蓬，信尾画押却是鲁迅画了一只小刺猬。再如起首直呼许广平为"小刺猬"的那几封，笺纸是选佛手一张、枇杷一张，信尾画押是一匹小马。或者再有，就是石榴、荔枝、牡丹、萱草、桃花、水仙、牵牛花之属，多是花卉。

　　鄙人有时候去逛琉璃厂，一定是要看看纸笔墨砚的，不买也要看。除此之外，还爱看看花笺，各种的花笺里，我独喜流云细草和寥寥几笔山水的那种，花笺上图案的线条和色彩要淡到若隐若现才好。我的朋友里，燕召喜做笺，他手制的小笺淡然好看。他拿几张来给我，我在那张一瓶一花的小笺上补一苍蝇，晴窗明几，笔砚清洁，我忽然就觉得自己已经回到了民国。

　　现在细想，做一回民国人亦是不错，布衣长袍，纸笔墨砚。

钢笔时代

没用钢笔写过字的人恐怕不多,而现在想在街上找一两个上衣口袋里插着支钢笔的人亦恐怕不多。一是钢笔要是坏掉漏水,衣服就惨了,二是现在的许多上衣根本就没有口袋,把钢笔插到裤袋里又不可能。倒退半个世纪,在上衣口袋里插支钢笔是件时髦事,或者插两支,就更显得有那么点卓尔不群。

从上小学开始到现在,鄙人用坏的钢笔差不多有二十多支,而鄙人最喜欢的一支是老英雄笔,黑颜色的化学笔杆之粗,抓在手里真是有一种十分饱满的感觉。这种笔,现在市上已经见不到,即使有,也会被当作古董卖,价格绝不会便宜。

在这种笔流行的年月,有一种职业是给钢笔杆上刻字。做

/ 钢笔时代 /

这种小生意的人身上大多都有些艺术家气质,眼镜,大分头,中山装,文质彬彬。几乎没什么工具,他的工具都放在他的口袋里。这你根本就不会看到,他会经常出没于文具店附近,有刚刚买了钢笔的人一出现,他就会迎上去问要不要在钢笔上刻字?朋友离别送一支笔,刻几个字,又花不了几个钱,或者是谈恋爱——当年的谈恋爱亦是斯文,先送支笔给女朋友,一切恩爱再慢慢细水长流地款款谈起。如果恰给钢笔刻字的人碰到,那肯定是也要刻几个字了,又花不了多少钱,也就一两毛。所刻之字大多是套话,"健康""进步""改造世界观""大公无私",都是些顶没用的话,但也没有人在钢笔上刻"人不为己,天诛地灭"这样的话。但刻"英特纳雄耐尔就一定要实现"的人也不多。当年据说最高级的刻字是刻俄文。他把你的笔拿过来,放在手里,都不用坐,就那么站着,一会儿就刻好了。刻一刻,吹一下,再刻一刻,再吹一下。刻完字他还会取出一点颜色,那颜色都放在小小圆圆的清凉油铁皮盒子里,有绿色和红色,把颜色在钢笔杆儿上刻了字的地方一涂一抹,再用块儿布擦擦,一切就都妥妥当当。但那俄文刻得是句什么话?谁都不知道。给钢笔杆上刻字,是别样的风情,是小资的、琐屑的美感,连带着还有那么一点点时代的温婉。而那些刻在钢笔杆上的文字虽不近人情却人人都觉得合适。还有就是一个同学要去入伍，另外的几个同学每人出几毛钱给这个同学买支好笔，照例是刻字，在钢笔上刻上很雄壮的豪言壮语，然后是送笔的同学的名字：王援朝、周跃进、李建国、王四清、白京生、杜胜利、黄土改。这种名字，1949年之后全国各地比比皆是，这种笔，如果现在能找到几支给当事人看，过去的岁月相信会骤然浮现眼前，令人唏嘘不已。

除了给钢笔刻字的人，还有一种专门修理钢笔的小摊儿。他们的全部家当也就是一个扁平的木箱子，可以打开，一旦打开，盖子可以支起来，里边居然都是各种各样的旧钢笔。你可以找他配一个笔尖，或者是配一个笔帽；或者是储放钢笔水的胶囊坏了，须换一个新的；或者是钢笔帽上的挂钩没了，没办法往上衣口袋里插了，在这里想办法配一个；当然这地方也一定能够给钢笔上刻字。或者是把一支笔拆开放在一个盒子里来个彻底的清洗，钢笔洗干净了，他的那双手也洗蓝了，也只收一两毛钱。一支钢笔，用来用去，修来修去，总有个不能再修的时候，这时候收旧钢笔的来了，一支不能用的旧钢笔也没几个钱，一毛或五分，我直到现在都不知道他们把那些收来的不能再用的旧钢笔送到了什么地方。

那些旧钢笔都去了什么地方？那个时代已经去了什么地方？剩下的，好像只有我们这满怀的惆怅。